www.krisfelti-buch-und-lyrik.de
Auflage: August 2021
Lektorat: Carolin Kretzinger

Illustrationen und Covergestaltung: Ishika Sharma, Indien

Verlag & Druck: tredition GmbH,
Halenreie 40-44, 22359 Hamburg
978-3-347-17291-3 (Paperback)
978-3-347-17292-0 (Hardcover)
978-3-347-17293-7 (eBook)

Kris Felti

Gerry Christmas

Ein Marienkäfer am Nordpol

Mit Illustrationen von Ishika Sharma

Für Pauline und Tamina

Inhaltsverzeichnis

Inhaltsverzeichnis 7

Vorwort 9

Es war einmal in Weihnachtsstadt 15

Im fernen Land der Pharaonen 24

Willkommen am Nordpol 33

Zu Gast bei Großvater Ibrahim 61

In der Weihnachtsmanufaktur 71

Vater Mohamed trifft den Weihnachtsmann 81

Alte Freunde 91

Gänseblümchen und ihre außergewöhnlichen Freunde 100

Die Büroleiterin am Nordpol 118

Fröhliche Weihnachtszeit 126

Über Autorin und Illustratorin 139

Veröffentlichungen der Autorin 140

Vorwort

Hoch oben, weit, sehr weit im Norden, wo die kleinen Sternenkinder wie glitzernde Schwaden durch die Lüfte schweben und die Eiszapfen die wundervollsten Melodien spielen, wo das Fell der Hasen und Füchse so weiß ist wie der weiße Schnee, wo Rentierherden in unzähliger Menge umherstreifen und wo der Kodiakbär, das größte Landraubtier der Welt lebt, dort könnte auch er zu Hause sein. Aber wo genau wohnt er wirklich, der Weihnachtsmann? Wohnt er in Lappland? Lappland erstreckt sich über den Norden Norwegens, Schwedens, Finnlands und Teile Russlands. Hier, hauptsächlich nördlich des Polarkreises gelegen, hätte der Weihnachtsmann für seine Rentiere die idealen Temperaturen: minus dreißig Grad Celsius bis plus achtzehn Grad Celsius. Der Weihnachtsmann hätte ganzjährig Schnee, dunkle Polar-nächte und viel Ruhe in der Nachbarschaft.

Aber es heißt, es sei nicht schneereich genug. Also vermutet manch ein Weihnachtsliebhaber den Weihnachtsmann am Nordpol. Dort jedoch, so entgegnen Skeptiker, dürfte es für Rentiere etwas zu kalt sein, was jedoch aufgrund der globalen Erderwärmung nicht so richtig stimmen kann. Man hat dort schon über zwanzig Grad Celsius gemessen. Wieder andere

Leute vermuten den Weihnachtsmann in relativer Nähe zum Nordpol im grönländischen Städtchen *Uummannaq*. Hier soll er in einer kleinen Hütte am Meer wohnen mit viel Weidefläche für seine Rentiere. Niemand weiß es wirklich genau. Aber es ist auch nicht wichtig. Wir wissen, dass dort, wo die Träume und Wünsche der Kinder in ein großes Buch geschrieben werden, eine wunderbar schöne Welt aus Schnee und Eis ist. Nordlichter zeigen den Bewohnern in der Dunkelheit den Weg nach Hause und funkelnde Punkte nehmen sich tanzend an die Hand, um in Sternbildern dem Himmelszelt eine besondere Magie zu verleihen. An diesem Ort wird der Zauber geboren, der besonders in der Weihnachtszeit bis in unsere Häuser und Herzen strahlt. Genau dort lebt der Weihnachtsmann mit seinen fleißigen Elfen und Wichteln. Und dort ist auch er zu Hause: Gerry Christmas.

Bevor ich euch erzählen kann, wer Gerry Christmas ist, müsst ihr Folgendes wissen: Oben im Norden, dort, wo der Weihnachtsmann tatsächlich wohnt, nennen wir es der Einfachheit halber »den Nordpol«, ist nichts so wie anderswo. Es gibt keine fremden Sprachen und keine Unterschiede zwischen den Bewohnern des Städtchens *Weihnachtsstadt*, die wir Wichtel und Weihnachtselfen nennen. Aus diesem Grund kann man auch gar nicht so genau sagen, warum man manchmal *Wichtel* und manchmal *Weihnachtselfen* sagt, denn im Grunde sehen sie gleich aus.

Die Wichtel, das müsst ihr wissen, sind die Helfer überall, wo es ihrer Unterstützung bedarf. Im Haushalt, in den Läden, in der Küche der Schule oder der Spielzeugmanufaktur, kurz Manufaktur. Sie besitzen ein so großes handwerkliches Geschick und arbeiten mit so viel Fleiß, dass jede noch so gute Idee zu einem neuen Spielzeug nicht in die Tat umgesetzt werden könnte, gäbe es die Wichtel nicht. Die Weihnachtselfen hingegen sind die Designer, die Künstler und Technologen. Sie entwerfen das Spielzeug auf dem Papier, kennen sich in der Werkstoffkunde aus und entwickeln die geeigneten Maschinen und Geräte für die Herstellung. Sie beaufsichtigen den Produktionsprozess und schulen die Wichtel in der Qualitätskontrolle. Jedoch bleibt das Qualitätsmanagement in den Händen der Wichtel, da erst deren handwerkliches Geschick dem Spielzeug sein Leben einhaucht. Ohne die Weihnachtselfen gäbe es keine Ideen und ohne die Wichtel keine qualitativ hochwertigen Spielsachen. Wir sprechen hier nicht nur von der elektrischen Eisenbahn oder dem Puppenwagen. Heutzutage beherbergt die Manufaktur auch die IT-Abteilung, einen Bereich, der sich mit elektronischem Spielzeug beschäftigt: Kindercomputer, Spielekonsolen, Mobiltelefone für Kinder in allen erdenklichen Farben. Die Herstellung von Spielgegenständen wächst mit den Ansprüchen der Kids. Der Fortschritt macht auch am Nordpol nicht halt. Jeder Einzelne hat Anteil am Erfolg des großen Ganzen.

Nun, der Wahrheit halber müssen wir sagen, dass bis zu dem Zeitpunkt, als Gerrys Familie nach Weihnachtsstadt kam, nur Wichtel und Weihnachtselfen beim Weihnachtmann lebten. Aber auch, wenn Gerrys Eltern und sein Großvater weder Wichtel waren noch zu den Elfen gezählt werden konnten, waren sie ganz gewöhnliche Bewohner von Weihnachts-stadt.

Ihr müsst außerdem Folgendes wissen: Am Nordpol wird das Alter nicht in Jahren gemessen, sondern am Herzen. Bist du tief in deinem Herzen ein Kind? Dann bewahrst du dir die Kindheit und das Verständnis dafür. Das ist der Grund, weshalb Elfen und Wichtel für eine sehr lange Zeit die Wünsche der Menschenkinder am besten verstehen können. Das bedeutet aber nicht, dass man am Nordpol ewig jung bleibt. Wie an vielen Orten der Welt gehen die Kinder am Nordpol zur Schule, bevor sie sich für einen Beruf entscheiden. Da gibt es viele Möglichkeiten. Sie werden Apotheker oder Apothekerinnen, Ärzte oder Ärztinnen, Köche oder Köchinnen. Sie können Designer oder Designerinnen werden, die Kleidung, Möbel oder Spielzeug entwerfen. Sie werden Computerfachleute und Programmierer oder Programmiererinnen. Sie bedienen die Maschinen zur Herstellung des Spielzeugs oder sie erlernen das Tischlerhandwerk. Für jede Neigung und jedes Interesse gibt es einen Beruf. Dabei fühlt kein Berufsstand sich wichtiger und wertvoller als der andere. Es gibt keine Armen und Reichen.

Und noch etwas müsst Ihr wissen: Entgegen dem althergebrachten Wissen, dass sich die Sonne am Nordpol ein halbes Jahr unter ihrer Bettdecke, dem Horizont versteckt, wird Weihnachtsstadt jeden Morgen von ihren hellen Strahlen aufgeweckt und jede Schlafmütze aus den Träumen geholt. Dort gibt es keine lang andauernde Polarnacht. Das Leben findet statt, so wie du es kennst. Beinahe jedenfalls!

Es war einmal in Weihnachtsstadt

»Kinder, Kinder!«, schallte es durch den großen Raum, der mit wohliger Wärme, dem Duft nach Bratapfel und Zimt und allerlei Geplapper erfüllt war. Stimmen von großen und kleinen Kindern, tiefe und hohe Stimmen. Die Piepsigste war eindeutig die von Pekka, dem aufgeweckten blondgelockten Jungen aus der ersten Reihe. Gerry schmunzelte bei dem Gedanken an dessen zuweilen ausbrechenden Jähzorn, der so gar nicht zu seinem engelhaften Aussehen passen wollte. Die Freude dieses Burschen am Lernen war jedoch so unendlich groß, dass Gerry all die kleinen Wutausbrüche als das abtat, was sie waren: der Versuch, mit all den unruhigen Geistern, die in dem Elfenkind tobten und ständig hungrig nach neuem Wissen waren, zurechtzukommen.

Diese Art der Organisation dieser inneren Geister war für jedes Kind eine Herausforderung. Meistens waren diese Geister jedoch wie gute kleine Dienstleister, die dem Kind halfen, alles Wissen in die eigens dafür vorgesehenen Schubfächer zu packen. Bei manchen Kindern funktionierte dieser Service jedoch nicht so gut. Die Wissenschaftler waren sich noch nicht einig, woran das hätte liegen können. Entweder hatte das Kind einfach Pech und seine inneren Geister waren noch in der

Ausbildung für einen guten Dienst gewesen. Oder aber, das Kind war offen für so viele Eindrücke und Wissen, dass seine Geister die Fülle des Erlernten nicht schnell genug organisieren konnten. Obwohl sich dieser Prozess im Inneren des Kindes abspielte, berührte er sein Verhalten und damit seine Außenwirkung. Es schien, als ob das Kind im Chaos versinken und mit sich und der Welt nicht im Einklang stehen würde. Gerry wusste, dass Pekka zu den Kindern gehörte, dessen innere Geister sich permanent unterbesetzt fühlten. Sie mussten lernen, sich auf die Besonderheit des Jungen einzustellen, um ihn bestmöglich zu unterstützen. Oft sagen die Leute über ein Kind: »Der Knoten ist noch nicht geplatzt.« So war es auch bei Pekka. Sein Knoten brauchte noch ein Weilchen. Bis dahin war es die Aufgabe der liebe-vollen Eltern und des Lehrers, dem Jungen behutsam die Richtung zu weisen.

Gerry ließ sich in den großen Lehnsessel fallen, der direkt am lodernden Kamin hinter einem wuchtigen Schreibtisch stand. Es machte ein merkwürdiges Geräusch. Wie an jedem Tag fing Gerry in diesem Moment die ganze Aufmerksamkeit seiner Klasse ein. Die dreißig Kinder lachten, ordneten ihre Hefte und Bücher auf ihren Schulbänken und richteten ihre Augen auf ihn. Augen hinter Brillengläsern, braune Augen, blaue, grüne, rote Augen. Beinahe alle Farben schmückten die Augen der

Kinder. »Wie ein bunter Blumenstrauß«, dachte der Lehrer bei sich. Auf allen kleinen Gesichtern war dieses Lächeln gezeichnet, das sich wie bei einer Urlaubsreise in einen Liegestuhl ihrer Herzen legte und sich nicht wegrührte. Für Gerry war es der wichtigste Augenblick des Tages. Es war wie ein Ritual und sowohl er als auch seine Schüler liebten diesen Moment, wenn sein Sessel pupste und damit signalisierte: Augen und Köpfe aufgepasst!

Am Nachmittag, wenn die Schneeflocken sich zu ihrem alltäglichen Tanz versammelten, verließ das letzte Kind den Klassenraum, nachdem es die grüne Tafel fein säuberlich geputzt und den Schwamm zum Trocknen an den Kamin gelegt hatte. Gerry blickte über seinen Brillenrand lächelnd in das Gesicht der hilfsbereiten Schülerin. Ylva war ein ruhiges Mädchen, sehr intelligent, aber auch sehr ängstlich und verschlossen. »Vielen Dank, Ylva. Was würde ich nur ohne dich tun?«, fragte er. Mit ihren grünen wachen Augen, die den Schein kleiner Sterne eingefangen hatten, blinzelte sie ihn an. »Sie wissen, wie sehr ich die Ruhe im Klassen-zimmer mag, wenn im Kamin das Feuer prasselt und ich Ihren Stift auf dem Papier kratzen höre. Es ist die schönste Art, den Schultag ausklingen zu lassen.« Leichtfüßig verließ sie daraufhin das Zimmer.

Gerry lauschte dem Knistern der Flammen und dem Schreibgeräusch seines Stiftes. Er liebte sie auch, diese Ruhe nach einem lauten Tag. Nicht, dass er sich beschweren würde. Die tönende Fröhlichkeit seiner Schüler war sein Lebenselixier. Dieses unbeschwerte Lachen tauchte die ganze Welt in einen großen Farbtopf. Glück hatte die Farben des Regenbogens in all seinen Nuancen und der ihm eigenen Leuchtkraft. Gerry nahm seine Stiefel vom Bänkchen neben dem Kamin, zog seine dicke Jacke, Mütze und Handschuhe an und stapfte durch den hohen Schnee. Nur wenige hundert Schritte entfernt war sein kleines Häuschen. Aus dem Schornstein stieg dunkler Rauch.

Der Hausmeister der Schule, der alte Jonte, ging jeden Nachmittag vor Unterrichtsschluss zum Haus des Lehrers, um den Kamin in der Stube und den kleinen Ofen in der Küche anzuheizen, auf den er den Wasserkessel mit frischem Wasser stellte. Gerry sollte es gemütlich warm haben und heißes Wasser für den Tee, wenn er heimkam. Die Hausmeisterfrau, Ragna, gab ihrem Mann jeden Tag einen kleinen Topf von ihrem frisch gekochten Essen für den Lehrer mit. Sie wusste, wie sehr Gerry ihre Suppen liebte. Besonders wenn sie ihre berühmte Kürbisblattsuppe mit Erbsen und Möhren kochte, nahm sie einen sehr großen Topf und stellte den Rest in den Eisschuppen neben ihrem Haus. So blieb das Essen viele Tage frisch und konnte im wahrsten Sinne »Stück für Stück« aufgewärmt und gegessen werden. In ihrem Eisschuppen war allerlei Gemüse säuberlich gelagert. Ragna ließ sich jeden Monat ein großes Paket mit Karotten, Erbsen, Kürbissen, Kürbis- und Weinblättern schicken, das pünktlich, ohne Unterbrechung der Kühlkette, von UPS angeliefert wurde.

In dem kleinen Städtchen am Nordpol wurde kein Fleisch gegessen. Woher sollte man es auch nehmen? Die Rentiere waren keine Nutztiere, sondern lebten als Bewohner mit den Elfen zusammen. Sie zogen die schweren Schlitten, die mit

Holz beladen ohne sie nicht den Weg aus den entfernten Wäldern zu den Häusern im Städtchen finden würden. Niemand dachte auch nur im Traum daran, einen seiner geliebten Rentier-Freunde in einen Kochtopf zu stecken. Ragna und die anderen Elfen- und Wichtelfrauen wussten die köstlichsten Speisen aus Gemüse und Korn zuzubereiten.

Wenn Gerry in die warme Stube trat, überkam ihn ein heimeliges Gefühl. Er hörte den leisen Singsang des Wasserkessels und beeilte sich, seine Stiefel ins Regal zu stellen und in die Küche zu eilen. Im Hängeschrank bewahrte er verschiedene Tees in großen Gläsern auf: Hagebutte, Kamille, Salbei, Pfefferminze, getrocknete Ingwerwurzel. Heute entschied er sich für eine Mischung aus Hagebutte und Kamille. Er stellte Ragnas Töpfchen auf den Herd, gab zum Tee einen Löffel Honig und lief zurück in die Stube. Vor dem Kamin stand sein Lehnsessel, in dem sein Großvater einst gesessen hatte und später auch sein Vater. Er stellte den Pott Tee auf das kleine Tischchen neben dem Sessel, nahm sich eine kuschelige Decke und breitete sie sich über seinen Beinen aus, nachdem er Platz genommen hatte. Auf dem Tischchen lagen sein Pfeifchen und der köstlich nach Apfelkuchen duftende Tabak. Als das Aroma aus seinem Pfeifchen und seinem Tee den Raum erfüllten, lehnte Gerry sich zurück, schloss seine Augen und verlor sich mit seinen Gedanken in der

Vergangenheit. Er tauchte ein in eine Zeit, lange bevor er geboren worden war.

Im fernen Land der Pharaonen

Vor vielen, vielen Jahren führten in einem fernen Land Mohamed und seine Frau Abeer ein beschauliches Leben. Während am Nordpol der Malermeister Winter auf seiner Leiter steht, um in zwei Farbtöpfen weiße und blaue Farben zu den schönsten Blautönen zu mischen und den eisigen Zauber der Winterlandschaft zu unterstreichen, scheint die Welt weiter südlich in Orange getaucht.

Ägypten ist ein Land im Norden von Afrika. Farben von hellem Gelb bis zu dunklem Ocker kennzeichnen eine Landschaft, die beinahe schon karg ist. Doch Palmen zieren große Flächen oder säumen Wege. Bei fürsorglicher Bewässerung kann auch hier und da vor manchem Haus das Grün der Wiesen und Sträucher die warmen Sonnenstrahlen genießen. Die Temperaturen steigen im Sommer bis zu fünfzig Grad Celsius und in den Wintermonaten sinken sie nie unter zwölf Grad. Ägypten ist ein Land für Sonnenanbeter, Archäologen und Urlauber, die von der Wärme und Herzlichkeit der Einheimischen berührt sind. Ägypten war auch die Heimat von Mohamed und Abeer. Aber sie waren weder Sonnenhungrige, noch Forscher oder Urlauber. Sie waren keine Menschen, sondern gehörten zur Gattung *Coccinella septempunctata*, dem Siebenpunkt-Marienkäfer. Sie waren hier geboren worden, wie auch ihre Eltern und Großeltern. Wann ihre Vorfahren von Europa nach Afrika gekommen waren, war nicht überliefert. Es musste irgendwann passiert sein, als der Winter mit seinen kalten Händen nach den kleinen Käfern gegriffen hatte und sie Schutz in den Häusern der Menschen suchten. Vermutlich verkrochen sich einige von ihnen in einem Schuppen, in dem Kisten mit Waren lagerten, die zum Export nach Ägypten bestimmt waren. Nach dem Winterschlaf erwachten sie in ihrer neuen Heimat und fühlten sich schnell heimisch. Sie konnten für ihre Familien sorgen und führten ein glückliches Leben. Einziger Wermutstropfen war der schwierige Kontakt zu ihren Familien in Europa. Sie hatten noch kein Telefon und die Briefe, die mit der Post versendet wurden, brauchten mehrere Wochen. Neuigkeiten waren dann eigentlich keine Neuigkeiten mehr.

Aber es war, wie es war. Und keiner beschwerte sich darüber. Ihre Kinder gingen zur Schule, lernten einen Beruf und konnten wiederum für ihre Familien sorgen. Ägypten war ein Land, in dem zu leben ein Glück war. Wenn Mohamed am Morgen das Haus verließ, um zu seiner Arbeit auf die Baustellen zu surren, führte ihn sein Weg vorbei an den drei Pyramiden. Diese waren für ihn nicht nur wie ein Kompass, um ohne Schwierigkeiten aus allen Himmelsrichtungen kommend nach Hause finden zu können. Sie waren auch ein Symbol dafür, dass Bauwerke viele tausend Jahre von der Kunstfertigkeit, Intelligenz und Kultur eines Volkes erzählen konnten. »Bauwerke für die Ewigkeit«.

Für Mohamed war es eine Ehre, Bauunternehmer zu sein. Zugegeben, er war nur ein kleiner Bauunternehmer für seinen Stamm. Aber ebenso, wie es sein Großvater Ehab und sein Vater Ibrahim getan hatten, fühlte er sich als Teil von etwas Großem. Den unzähligen Familien Häuser zu bauen, die im Regen und Sandsturm Schutz boten, erfüllte ihn mit Stolz. Wenn er am Morgen zu seinen Baustellen flog, um die Arbeiter einzuweisen, ihnen Rat zu geben und dafür zu sorgen, dass sie ihr Mittagessen zur Baustelle geliefert bekamen, saß sein Vater Ibrahim im Liegestuhl auf der kleinen Terrasse vor dem Haus. Deren Dach bot Schutz vor den heißen Sonnenstrahlen. Aber der alte Mann liebte es, einfach dazusitzen, seine schmerzenden Gelenke zu kühlen und zu den Pyramiden zu blicken, wie es vor ihm auch sein Vater Ehab tat und wie es nach ihm sein Sohn Mohamed tun würde, während einer seiner künftigen Söhne sein Unternehmen weiterführte. So würde es weitergehen, immer und immer wieder. Doch da hatte Großvater Ehab sich leider geirrt.

Er saß wieder einmal gemütlich im Schatten auf seiner Terrasse, als Abeer aufgeregt vom Markt zurückkam. »Wenn du wüsstest, was ich heute erfahren habe!«, rief sie bereits aus der Küche und beeilte sich, auf die Terrasse zu kommen. Großvater Ehab hatte die Frau seines Enkelsohnes noch nie so aufgelöst erlebt. »Habibti, mein Liebe, setze dich erst einmal hin. Und dann erzähle mir alles von vorn.« Abeer zog den Schemel näher an den Liegestuhl des alten Mannes heran. »Ich habe gerade mit Ghada gesprochen. Du weißt, wir sind zusammen zur Schule gegangen.« Ihre Stimme zitterte noch immer und Großvater Ehab legte seine Hand beruhigend auf ihren Arm. »Ghada hat ihren Mann vor ein paar Monaten verloren, nachdem dieser in einen Sandsturm geraten war.« Ehab nickte. »Ja, mein Kind, ich erinnere mich. Ist er nicht in einen Fluss gefallen und ertrunken?« Abeer begann zu schluchzen und fuhr fort. »Gestern kamen die Harlekine in ihre Wohnsiedlung und benahmen sich, als wären sie dort zu Hause. Sie schlugen die Männer und zertrampelten die Gärten.«

Die Harlekine waren eine andere Gattung der Marienkäfer. Man nannte sie auch asiatische Marienkäfer oder Harlekin-Marienkäfer. Diese Art war größer als die Siebenpunkt-Marienkäfer. Aber was sie ganz besonders von den Siebenpunkt-Marienkäfern unterschied: Sie bildeten die Armee ihres gewählten Präsidenten, Har-Lekin. Dieser war einst ein General in der Armee gewesen, bis er zum Präsidenten gewählt worden war. Jedoch war sein

Geltungsdrang so groß, dass er sich überall Paläste bauen ließ, und weil er den Platz dafür brauchte, die Bewohner aus ihren Häusern vertrieb. Mit schwerem Gerät kamen sie in die Siedlungen und rissen die Wände der Häuser ein. »Der Bau war nicht genehmigt«, behaupteten die Soldaten. Der Unmut in der Bevölkerung wuchs und Har-Lekin wusste, dass nur seine Armee ihn noch schützen konnte. Für die Soldaten ließ er Kasernen in Kairo bauen. Doch auch die Generäle und deren Familie brauchten ein Zuhause.

Wie alle Bauunternehmer in Kairo freute sich Mohamed über diese für sein Gewerbe glückliche Fügung, die eine große Anzahl an Aufträgen bedeutete. Noch nie war er so zufrieden gewesen. Mit Abeer malte er sich die Zukunft in den farbenprächtigsten Bildern aus. Sie würden eine große Familie haben mit vielen glücklichen Kindern. Seine Sprösslinge würden die besten Schulen im Land besuchen, eigene Familien gründen und für ihre Eltern und Großeltern sorgen. An jedem Abend saßen Mohamed, sein Vater Ibrahim und sein Großvater Ehab auf der Terrasse, sahen dem Sonnenuntergang hinter den Pyramiden zu und ihre Ideen und Träume wuchsen in den Himmel. Jeden Morgen inspizierte er die Baustellen, motivierte seine Arbeiter, die bei sengender Hitze von morgens bis in den Nachmittag hineinarbeiteten, um rechtzeitig zum Termin fertig zu werden.

Manchmal musste Mohamed seine Arbeiter bitten, bis spät in die Nacht zu schuften, damit er seine Verträge einhalten konnte. Dann bezahlte er ihnen einen höheren Tagelohn. Wer weiß, wie lange die Auftragslage anhalten würde. Und was würde sein, wenn Mohamed die Fristen nicht einhalten konnte? Würde er weiterhin Verträge aushandeln können? Dank seiner Arbeiter hielt er die Termine. Auch der letzte Großauftrag, ein weitflächiger Wohnkomplex für die Angehörigen der Regierung und der Armee, konnte zum vereinbarten Datum fertiggestellt werden. Am Tag der Abnahme war Mohamed zuversichtlich, dass die Beamten und Generäle die Kunstfertigkeit seiner Arbeiter hoch loben würden. Aber es kam anders.

Die Generäle übernahmen die Häuser ohne ein Wort und ohne Bezahlung des vereinbarten Lohnes. »Die Regierung und ihre Armee sind die Sicherheit und das Rückgrat unseres Volkes«, sagte ein Beamter achselzuckend, während Mohamed von zwei Soldaten gepackt und nach draußen gebracht wurde. Sie warfen ihn in den Sand, lachten und gingen zurück durch die große Eingangstür. Mohamed war fassungslos. Wie konnte er nun seine Arbeiter entlohnen? Wie konnte er seine Familie ernähren? Für die Baustoffe hatte er sein gesamtes Vermögen aufgebraucht. Denn er hatte ja angenommen, dass sich seine Mühe und sein Opfer auszahlen würden. Und jetzt? Mohamed konnte nicht auf-geben. Vater Ibrahim und sein Großvater Ehab waren auf ihn angewiesen.

Aber sie hatten keine hohen Ansprüche. Er und Abeer würden noch warten müssen, bis sie eigene Kinder haben würden. Sie hatten ihr Zuhause. Das war das Wichtigste. Doch jetzt machte sich Furcht unter den Siebenpunkt-Marienkäfern breit. Wenn die Soldaten in ihre Wohnsiedlungen kamen, um die Männer zu schlagen und die Gärten zu zerstören, was würde als Nächstes folgen? Großvater Ehab blickte ratlos in Abeers tränennasses Gesicht. »Ich glaube nicht, dass es schlimmer wird. Unser Präsident wird unsere Rechte schützen. Das haben alle Präsidenten vor ihm auch getan.« Leider täuschte sich der alte Mann. Bereits einige Tage später waren fast alle Wohnsiedlungen dem Erd-boden gleichgemacht. Auch Mohameds Haus fiel dem Abriss-Kommando der Armee zum Opfer.

Für die Siebenpunkt-Marienkäfer wurde das Leben in Kairo immer unerträglicher. Die braven Leute versuchten, sich den Gegebenheiten anzupassen. Aber immer mehr von ihnen starben an Hunger und Krankheiten oder sie ertranken, weil sie dem Regen und den Sandstürmen schutzlos ausgeliefert waren. Viele Familien wurden ausgelöscht. Bei dem Versuch, sich gegen die Armee und Har-Lekin aufzulehnen, wurden die Anführer inhaftiert und zum Tode verurteilt. Es gab keine

Hoffnung mehr, kein Zuhause, keine Arbeit und nichts zum Essen. Mohamed musste an seine ersehnte Familie denken. Er wollte Kinder haben, die in einer glücklichen Welt auf-wachsen sollten. Ägypten konnte ihm diese Perspektive nicht mehr bieten. Als sein Großvater Ehab an gebrochenem Herzen starb und er befürchten musste, dass auch sein Vater Ibrahim nicht mehr lange leben würde, überredete er ihn und Abeer, in ein anderes Land auszuwandern, um dort ein neues Zuhause zu finden, wo sie miteinander in Frieden und in Sicherheit leben konnten.

Willkommen am Nordpol

»Gerry, du musst jetzt endlich aufstehen«, rief Mutter Abeer ihren Sohn, während sie in der Küche das Frühstück zubereitete: Haferflocken mit getrockneten Früchten und einer Tasse heißem, nach Äpfeln und Zimt duftendem Tee. Für die kleine Brotzeit in der Schule bereitete sie eine Lunch Box mit Haferplätzchen und Rosinen vor. Mittagessen gab es in der Schule, sodass Mutter Abeer nicht zu viel in die Box packte. Sie wusste von den Eltern anderer Kinder, dass das tägliche Mittagessen köstliche Suppe war. Jeden Tag gab es eine andere: Tomatensuppe mit Reis, Blumenkohlsuppe mit Grieß, Kartoffelsuppe mit Ei, Erbsensuppe mit Sauerkraut. Gerry würde auf jeden Fall etwas Warmes im Bauch haben, was sie beruhigte. Heute war sein erster Tag in der Schule, die sich in der Nähe ihres Hauses befand.

»Es ist so kalt«, hörte er seinen Großvater wimmern. Mutter Abeer und Vater Mohamed wussten, wie schwer es anfangs für Opa Ibrahim gewesen war, sich in der neuen eisigen Welt heimisch zu fühlen. Seit sechs Jahren lebten sie nun am Nordpol. Der kleine Gerry dagegen war es gewohnt, die Kälte am großen Zeh zu spüren, wenn er ihn unter der Bett-decke hervorstreckte. Sein Kämmerchen befand sich direkt unter dem Dach. Die Schneeschicht darauf war wie eine warme Decke, die das Haus vor Kälte isolierte. Der dicke Schornstein, der zum Kamin im Erdgeschoss gehörte, trug bereits zu einer wohligen Wärme bei. »Raus aus den Federn«, schien er Gerry zuzuzwinkern.

Bereits sehr früh am Morgen verließ Vater Mohamed das kuschelige Bett, um Holz in dem Kamin zu stapeln und anzuzünden. Auch den kleinen Ofen in der Küche heizte er an, damit Mutter Abeer sich um das Frühstück der Familie kümmern konnte, sobald sie aufgestanden war. Neben dem wohlig warmen Kamin, der die Stube in den gemütlichsten Raum des Hauses verwandelte, weil er zum Verweilen, Lesen und Träumen einlud, stand ein großer Lehnsessel mit einer flauschigen Decke. Daneben war ein kleines Tischchen. Vater Mohamed hatte es eigens für Großvater Ibrahim gezimmert. Auf ihm hatten ein Teller, eine große Tasse, ein Buch, seine Lesebrille und sein Tabakpfeifchen Platz. Mutter Abeer war darauf bedacht, dass immer etwas getrocknetes Obst oder Kekse und heißer Tee oder Kaffee für den alten Mann bereitstanden.

Wie jeden Morgen kam sie von der Küche herüber in die Stube und fragte ihn: »Brauchst du noch etwas?« Und jeden Morgen antwortete er mit einem breiten Lächeln: »Ich habe alles, was sich ein alter Mann nur wünschen kann: eine liebevolle

Familie, einen wunderbaren, klugen Enkelsohn und diese kleinen Dinge auf dem Tischchen.« Gerry lauschte den Worten seines Großvaters, während er unter der dicken, molligen Federdecke hervorkroch und zu seiner Waschschüssel ging, die seine Mutter ihm in sein Kämmerchen gebracht hatte. Das Wasser dampfte noch. Er wusch sich flink, putzte seine Zähne und schlüpfte in seine warmen Sachen. Jetzt konnte der große Tag beginnen. Zugegeben, Gerry war sehr aufgeregt. Er kannte einige Kinder bereits vom Schlittenfahren am Hang neben dem Schulhaus. Aber eigentlich nur vom Sehen. Sie winkten ihm zu und er winkte zurück. Manchmal hörte er ihr »Hallo« und gab es leise zurück. Er hatte nicht wirklich Freundschaft mit ihnen schließen können.

Während er die Stiegen hinunter zur Küche ging, kroch ihm der Duft von frisch gebackenem Brot in die Nase. Seine Mutter hatte dem Teig Rosinen beigemischt. Er konnte es an dem süßlichen Geruch ausmachen und freute sich auf den Abend, wenn er mit seinen Eltern und seinem Großvater in der warmen Stube sitzen und das köstliche Brot genießen würde. »Guten Morgen, mein großer Enkelsohn«, begrüßte ihn Opa Ibrahim mit einem Schmunzeln im Gesicht. »Hast du gut geschlafen? Heute ist dein großer Tag.« Dabei stand er von seinem Sessel auf, um Gerry fest in seine Arme zu schließen. »Ich wünsche dir einen guten Start, mein Junge. Die Schule wird dir gefallen, denn du wirst mit anderen Kindern zusammen sein. Es ist gut, mit seiner Familie zu leben. Aber du musst raus aus dem Haus, mit anderen Kindern spielen, vielleicht auch einmal streiten. Das gehört zum Großwerden dazu.« Er lachte und strich seinem Enkelsohn liebevoll über den Kopf. »Ich wünsche mir, dass jedes Buch, das du bald alleine lesen wirst, dir von der Schönheit dieser Welt und der Liebe seiner Bewohner erzählen wird und den Weg zu deinem Herzen findet. Dann wirst du Gutes vollbringen mit deinem Herzen und deinem Verstand.« Zu diesem Zeitpunkt wusste Gerry selbstverständlich noch nicht, was sein Großvater damit gemeint hatte. Aber er spürte die Feierlichkeit, die in seinen Worten lag. Instinktiv wusste er, dass diese Worte eine große Bedeutung hatten. »Am Abend«, so dachte er bei sich, »werde ich Mama bitten, die Worte für mich aufzuschreiben, damit ich sie für immer bei mir haben kann.«

Vater Mohamed brachte seinen Sohn zur Schule. Es war derselbe Weg, den er immer nahm, wenn er morgens das Haus verließ. Er arbeitete als Schnitzer in der Manufaktur von Weihnachtsstadt, welche sich in nur wenigen hundert Metern Entfernung von der Schule befand. Vor der großen Eingangstür blieben sie stehen. »Papa, bitte komm nicht mit hinein. Ich bin jetzt ein Schuljunge und möchte nicht, dass die anderen Kinder denken, ich sei noch ein Baby.« Gerry blickte seinen Vater bittend an. Dabei presste er die Lippen aufeinander und schob sein Kinn nach vorn. Sein Papa sollte nicht merken, wie aufgeregt und ängstlich er im Inneren war.

Doch dieser konnte das Zittern des kleinen Kinns sehen und wusste um den Kampf, den sein Sohn mit sich ausfocht. Er war stolz auf ihn, doch er fühlte gleichzeitig einen kleinen Stich in seinem Herzen. Wie schnell die Zeit vergangen war. Es kam ihm vor, als sei Gerry gestern noch sein kleines Baby gewesen. Und jetzt schon sollte er beginnen, ihn loszulassen? Erst hier, vor der großen Eingangstür der Schule, erkannte er, dass sie auch das Tor zu einem neuen Lebens-abschnitt war für Gerry, für seine Frau, Abeer, und für ihn selbst. Vater Mohamed gab seinem Sohn einen Kuss auf die Stirn und blickte ihm nach, während Gerry sich sehr anstrengen musste, den Riegel der großen Tür herunter-zudrücken. Gerade wollte sein Vater ihm doch noch zu Hilfe eilen, als sich der schwere Griff bewegte und die Tür sich knarrend öffnete. Glücklich blickte Gerry noch einmal zurück zu ihm, um einen Moment später im Schulhaus zu verschwinden.

Vater Mohamed stand noch einen Moment vor der Tür, bevor er sich auf den Weg zur Arbeit machte. Vor dem Eingang zum Klassenzimmer blieb Gerry stehen. Er hörte ein Murmeln und die energische Stimme der Lehrerin und Furcht stieg in ihm auf. Er wusste ja nicht, was ihn er-wartete. »Hätte ich doch meinen Papa mitgenommen. An seiner Hand wäre es bestimmt einfacher«, dachte er bei sich. Mit einem Wisch über seine Stirn vertrieb er den Gedanken wieder und legte seine Hand auf die Klinke. Aber ohne, dass er sie nach unten drücken musste, öffnete sich die Tür wie von Zauberhand ganz leise und gab den Blick in einen großen Raum frei.

Das Licht der Sonne, die durch die Fenster lugte, so, als wolle sie sehen, was heute auf dem Stundenplan stand, verlieh dem Zimmer einen herrlichen Schein. Es rief ihm zu: »Willkommen!«, und Gerry trat ein. Die Lehrerin war eine sehr schlanke, große Frau mit roten Haaren und frohen Augen. Gerade schrieb sie Rechenaufgaben an die grüne Tafel, als sie Gerry bemerkte. »Na, das ist ja eine schöne Überraschung!«, rief sie freundlich lachend. »Ich habe mich schon gefragt, wann du zu uns in die Schule kommst. Ich bin Fräulein Tjorven.« Jetzt erkannte er sie. Oft, wenn er seine Mutter in den kleinen Laden begleitete, der sich in der Nähe der Spielzeugmanufaktur befand, hatte er die große Frau gesehen. Sie stand immer am Gemüsestand, um aus der großen Auswahl an Kohl, Kraut, Rüben und Kräutern das Passende für die Schulküche auszusuchen. Alle zwei Tage kam der Hubschrauber und belieferte die kleinen Läden am Nordpol. Dabei waren nicht nur Obst und Gemüse an Bord, auch Kaffee und Tee gehörten zum Sortiment der großen Handelskette, die sich auf die

Belieferung weit entfernter und schwer zugänglicher Gegenden spezialisiert hatte.

Die Augen der ganzen Klasse waren nun auf Gerry gerichtet. Er fühlte sich nicht wohl, als er sah, dass einige Kinder miteinander tuschelten. Andere schauten verlegen zu Boden. Fräulein Tjorven reichte ihm die Hand. »Sag uns doch bitte deinen Namen.« Ihr Lächeln war so aufmunternd, dass er seine Furcht vergaß. Ohne ihr Gesicht aus den Augen zu verlieren, antwortete er: »Gerry Christmas.« Alle Schüler brachen in ein lautes Gelächter aus. Sogleich wandte Fräulein Tjorven sich zu ihnen und ihr Gesicht hatte alle Freundlichkeit verloren. »Ich bin sehr enttäuscht von euch. Seit wann machen wir uns über einen Namen lustig und heißen einen neuen Mitschüler auf diese Art willkommen? Ist das euer Verständnis von Freundlichkeit?« Wieder ihrem neuen Schüler zugewandt, wurde ihre Stimme weich und herzlich. »Ich bin sehr froh, dass wir dich nun in unserer Klasse haben. Herzlich willkommen, Gerry Christmas.« Sie legte ihre beiden Hände auf seine Schultern und führte ihn sanft zu einer Bank in der ersten Reihe.

Neben einem Jungen war noch ein Plätzchen frei. Gerry sah, dass dieser beinahe die komplette Bank einnahm. »Aha, deshalb sitzt kein anderes Kind neben ihm«, schlussfolgerte seine innere Stimme. »Das ist Fridtjof«, unterbrach die Stimme der Lehrerin das gerade aufkommende Zwiegespräch mit sich selbst. Jetzt lächelte der Junge und Gerry sah kleine Sonnenstrahlen in seinem Gesicht. Beherzt streckte er seine Hand zu ihm aus. »Hallo, ich bin Gerry.« Fridtjof erwiderte mit einem festen Händedruck: »Du kannst Frid zu mir sagen.« Für einen kurzen Moment trafen sie sich, die beiden inneren Gefährten der Jungen, die darüber entscheiden, ob man einander mag oder nicht. Erwachsene sagen dazu: »Die Chemie stimmt oder sie stimmt nicht.« Aber das ist nur eine Sichtweise. Eine andere besagt, dass sich tief in uns unser zweites *Ich* befindet. Es versteckt sich oft, weil man sich nicht die Zeit dafür nimmt, ihm zu begegnen oder ihm zuzuhören. Aber in Momenten, in denen man sich allein fühlt und nach etwas sucht, um sich festzuhalten, in Momenten, in denen kein einziger Gedanke durch unser Bewusstsein unterwegs und die Stille in uns so laut ist, dass man sein eigenes Blut in den Adern rauschen hört, kommt es zum Vorschein. Zaghaft erst, weil es uns nicht erschrecken will. Doch wenn man es erkannt hat und akzeptiert, ist es der beste Ratgeber, den man sich wünschen kann. Gerrys inneres Ich entschloss sich, mit diesem Jungen befreundet zu sein. Und genauso verhielt es sich mit dem inneren Ich des anderen Jungen. Das Eis zwischen Gerry und Fridtjof war gebrochen und Gerry war sicher, einen Freund fürs Leben gefunden zu haben.

Montags war immer Spielenachmittag in der Schule. Die Kinder konnten gemeinsam durch das Schulhaus toben, an der Tischtennisplatte im Dachgeschoss »Chinesisch« spielen oder an verschiedenen, extra nach dem Unterricht zusammengeschobenen Tischen mit Brettspielen ihr Geschick oder Glück unter Beweis stellen. Es war nach einem Wochenende, das wie immer viel zu schnell verstrichen war, der schönste Wochenbeginn. Während anderswo auf der Welt der Montag vielen Leuten schon am Sonntag wie ein Stein auf der Seele lag, war es hier im Städtchen am Nordpol ein Tag, auf den man sich freuen durfte.

Im großen Regal des Lehrmittelraumes gab es allerhand Kartons mit interessantem Inhalt: Chemiekästen für allerlei Experimente, die Gerry und Fridtjof aber noch nicht interessierten, Metallbaukästen, auf die es besonders die kleinsten Kinder abgesehen hatten, und Bastelspiele mit Perlen zum Auffädeln oder Knetmasse zum Brennen von Figuren. Für jedes Kind war etwas Passendes dabei. Gerry und Fridtjof entdeckten auf dem obersten Brett des großen Regals einen Astronomie-Baukasten. »Zum Glück, dass du so groß bist«, freute sich Gerry und seinen neuen Freund erfüllte es mit Stolz. Es war das erste Mal, dass er von einem anderen Kind für das gelobt worden war, was er war. Fridtjof war ein Riese unter seinen Klassenkameraden. Er war sanft, höflich, hilfsbereit. Trotzdem mieden ihn die Kinder wegen seiner Größe.

In dem Karton fanden die Jungen Einzelteile aus Plastik. In kleinen Dosen, die fest in der Verpackung verankert waren, damit sie nicht herumwirbelten und deren Inhalt beschädigen konnten, befanden sich die Linsen. »Oh wow, das ist ein echtes Fernrohr, mit dem wir in die Sterne gucken können!«, rief Fridtjof und Gerry konnte ihr Glück kaum fassen. »Ich habe zu Hause ein Buch mit den Stern-bildern. Wir können sie mit dem Fernrohr vielleicht viel besser erkennen«, erwiderte er und rüttelte am Arm seines Freundes. Die Aufbauanleitung befand sich unter dem Deckel in einer Folie. Gerry nahm sie vorsichtig heraus und erkannte den Schulstempel mit dem Datum der Aufnahme als Inventar. »Guck mal, der Astronomiekasten ist schon zehn Jahre alt, aber schaut aus, als sei er neu.« Fridtjof hatte dazu nur eine logische Erklärung. »Sie haben ihn für die Schule angeschafft und ihn ganz oben ins Regal gelegt. Aus den Augen, aus dem Sinn.« Er schnipste mit den Fingern. »Deswegen hat sich nie jemand mit ihm beschäftigt.« Gerry freute sich. »Dank deiner Größe haben wir ihn gefunden.« Nun strahlten beide Jungen. »Du siehst, es hat sein Gutes, dass du so groß bist.« Gerry zwinkerte Fridtjof zu. Sogleich begannen sie, die Teile aus dem Karton zu nehmen und vorsichtig auf dem großen Tisch auszubreiten. »Pass auf, dass nichts herunterfällt«, bat Gerry seinen Freund.

Die Zeit verging wie im Fluge. Zwei Stunden später war der Spielenachmittag leider schon vorbei und die Kinder räumten alle Sachen wieder an den Platz, von welchem sie sie weggenommen hatten. Fräulein Tjorven lief durch das Schulhaus und prüfte die Räume und Regale. Alles war wieder dort, wo es hingehörte. Nur das Fernrohr, das jetzt fertig montiert auf dem Tisch lag, und die enttäuschten Gesichter der zwei Freunde passten nicht in das Bild eines gelungenen Spielenachmittags.

Sie lächelte, denn sie freute sich über das Interesse der Kinder. »Wenn ihr wollt, könnt ihr Euch das Fernrohr am Wochenende mit nach Hause nehmen«, bot sie ihnen an und hatte Mühe, die jubelnden Jungen zu bändigen. Jauchzend rannten sie auf sie zu, um sie zu umarmen. »Aber redet vorher mit euren Eltern, ob einer von euch bei dem anderen übernachten kann. Spät in der Nacht sollte niemand mehr allein durch die Stadt laufen.« Sie machte große Augen, um die Wichtigkeit ihrer Worte zu unterstreichen. »Nachts, besonders wenn es schneit, kann man sehr schnell vom Weg abkommen und die Orientierung verlieren.« Die beiden Kinder nickten sich eifrig zu. »Ich werde meine Eltern fragen, ob du am Freitag bei uns übernachten darfst«, rief Fridtjof begeistert. Gerry freute sich über die Spontanität seines neuen Freundes und konnte es kaum erwarten, seinen Eltern und seinem Großvater am Abend von ihm und dem ersten Schultag zu erzählen. Fridtjof wurde von seinem großen Bruder abgeholt. Er hatte einen Termin bei seinem Zahnarzt. So machte sich Gerry allein auf den Weg nach Hause.

Die Dunkelheit begann, sich über das kleine Städtchen zu legen. In diesem Zwielicht schien es, als erwachten die Schatten der Schneewälle, die sich rechts und links am Wegesrand auftürmten, zum Leben. In gespenstischen Formen und Figuren erhoben sie sich, kamen auf ihn zugeflogen oder sie versteckten sich blitzschnell hinter gestapelten Holzscheiten vor den Häusern oder Schuppen. Gerrys Herz schlug ihm bis zum Hals und seine kleinen Füße bewegten sich immer schneller.

»Hab keine Angst«, hörte er eine Stimme hinter ihm. Während ihn seine Beine noch schneller vorwärtsbrachten, blickte er nach hinten. Aber da war niemand. »Hallo, Junge! Bleib doch stehen!«, rief die Stimme wieder. Aber jetzt begann sie zu lachen und Gerry vergaß all seine Angst. Die Neugier in ihm, sein guter Freund, seitdem er denken konnte, war größer. Abrupt blieb er stehen und drehte sich um. Suchend glitten seine Augen über die verschneiten Häuser und Gärten. Aber er konnte beim besten Willen niemanden sehen. Doch was war das? Hinter einem Holzstapel leuchtete es grün. Erst kaum erkennbar, doch dann immer heller. Eine Gestalt, die der eines Mädchens glich, kam langsam zum Vorschein und lächelte ihm zu. Sie war wunderschön. Niemals zuvor hatte Gerry ein so hübsches Mädchen gesehen. Aber war es denn überhaupt ein Mädchen? Je näher die Gestalt bei ihm war, umso deutlicher sah er, dass sie nur den Hauch einer Kontur hatte. Sie war wie ein Nebel, ein Lichtschein. »Wer bist du?«, wollte er wissen. Sie lächelte erneut. »Ich bin Elin.« »Sehr erfreut«, antwortete er. »Ich bin Gerry.« Sie berührte seine Wange. »Ich habe dich schon oft gesehen. Aber du bist anders als die Leute, die hier wohnen.«

Jetzt musste Gerry lachen. »Komm, lass uns weitergehen. Es wird langsam zu kalt für mich.« Seine Füße waren inzwischen kaum noch zu spüren. Es schmerzte und er lief ein wenig schneller, um sie aufzuwärmen. Schnaufend antwortete er: »Der Grund ist, dass ich kein Elf und kein Wichtel bin.« Mit großen Augen sah Elin ihn nun an. »Und was bist du dann?« »Ich bin ein Siebenpunkt-Marienkäfer. Meine Eltern stammen ursprünglich aus Ägypten. Aber das ist eine lange Geschichte. Ich will sie dir später einmal erzählen, wenn wir uns wiedersehen.« Er konnte ihr die Freude ansehen. »Gern. Ich werde jeden Abend auf dich warten, wenn du von der Schule nach Hause gehst.« Gerry nickte. »Bist du ein Nordlicht?«, wollte er wissen und schämte sich ein wenig, weil er sich nicht sicher war. Inzwischen waren sie vor seinem Haus angekommen. Elin setzte sich auf die Schneewehe neben dem Haus. »Ja, du hast recht, ich bin ein Nordlicht, auch *Aurora borealis* genannt.« Gerry war entzückt. »Ich habe dich oft am Horizont gesehen«, antwortete er. »Wenn ich nachts aus meinem Fenster schaue, weil ich nicht schlafen kann, suche ich immer nach dem Nordlicht. Das Grün deines Strahlens beruhigt mich.« Sie kicherte. »Das bin nicht nur ich. Wir sind ein ganzes Volk. Wir ziehen im Norden umher und lassen uns mal hier und mal da nieder. Und wir können verschiedene Farben annehmen.«

Gerry hatte seine kalten Füße ganz und gar vergessen. »Bitte erzähle mir mehr von dir«, bat er und rieb sich die Hände, die trotz seiner dicken Handschuhe wie kleine Eiszapfen waren. Elin freute sich über seine Neugier. »Du weißt bestimmt, dass wir Nordlichter und auch unsere Verwandten am Südpol, die Südlichter mit dem Namen *Aurora australis*, im Allgemeinen *Polarlichter* genannt werden. Das ganze Jahr tauchen wir in den arktischen und antarktischen Regionen unserer Erde auf und leuchten zu jeder Tages- und Nachtzeit. Aber genau wie die Sterne kannst du uns nicht immer sehen, weil wir nur schwach glimmen. Darum kannst du uns nur in der Nacht beobachten.« »Aber wie entstehen Polarlichter?«, fiel Gerry

Elin ins Wort und erntete einen kurzen Rüffel. »Lass mich zu Ende erzählen«, bat sie zwinkernd. »Polarlichter entstehen, wenn elektrisch geladene Teilchen von der Sonne auf Gasteilchen der Luft treffen. Je nachdem, um welches Gas es sich handelt, entstehen unterschiedliche Farben.«

Mit großen Augen hatte Gerry ihre letzten Worte vernommen. »Elektrizität? Demzufolge seid ihr gefährlich?« Elin berührte sein Gesicht abermals. »Spürst du, wie gefährlich ich bin?«, lachte sie und nun begann auch Gerry zu lachen. »Möchtest du meine große Schwester sein?«, fragte er unvermittelt und Elin begann stärker zu leuchten. »Das wäre sehr schön«, antwortete sie. »Bitte sei mir nicht böse«, bat er. »Aber ich muss jetzt in die warme Stube gehen. Mir ist sehr kalt.« Elin nickte. »Bis bald, mein Bruder.« Nun lachten sie wieder. Gerry rannte die letzten Meter bis zum Haus, sprang die Stufen zur Eingangstür hinauf und verschwand. Elin blickte ihm einen Augenblick nach, bevor sie sich umwandte und sich in die Dunkelheit flüchtete.

Beim Abendessen erzählte Gerry von seinem ersten Schultag. »Es war so toll, die Kinder kennenzulernen. Und ich habe auch schon einen Freund!«, rief er aus. Mutter Abeer und Vater Mohamed sahen sich an und lächelten. »Du siehst, ich hatte recht«, sagte sein Vater. »Wenn der Junge erst mal in der Schule ist und die Kinder ihn kennenlernen, ist er kein

Außenseiter mehr.« Großvater Ibrahim war gerade dabei, die Rinde seines Brotes abzuschneiden. »Unser Gerry hat sein Herz am richtigen Fleck. Er wird nie Probleme mit den Anderen haben.« Mit den letzten Worten legte er die Krustenstücke auf den Teller seines Enkelsohnes. Er wusste, wie sehr Gerry besonders die knusprige Rinde liebte. »Von mir aus könnte das Brot nur aus seiner Kruste bestehen«, sagte Gerry oft.

Auch heute lächelte er seinen Großvater dankbar an und genoss das Geräusch beim Kauen und den unverwechselbaren Geschmack. »Wie heißt dein neuer Freund?«, wollte Mutter Abeer wissen. »Fridtjof heißt er«, antwortete Gerry mit vollem Mund. »Er sieht aus, als wäre sein Vater aus dem Riesenreich gekommen. Er ist groß, riesengroß.« Der kleine Käfer stellte sich auf, um mit seiner Hand weit über seinen Kopf zu zeigen. »Oh, das ist wirklich groß«, staunte Vater Mohamed. »Wir könnten ihn in unserem Holzlager gut gebrauchen. Die Regale sind so hoch. Und wenn eine neue Lieferung eingetroffen ist, wird es manchmal schwierig, die große Leiter den Gang entlangzuschieben.« »Vielleicht entscheidet Fridtjof sich nach der Schule für eine Lehre im Lager«, antwortete Großvater Ibrahim. »Ich möchte Lehrer werden.« Gerry stopfte sich gerade wieder ein großes Stück der Brotkruste in seinen Mund und sah alle Augen auf sich gerichtet. »Was ist los? Habe ich etwas Falsches gesagt?« Zärtlich strich Mutter Abeer über sein

Gesicht. »Nein, mein Junge. Du hast nichts Falsches gesagt. Wir sind nur gerade sehr stolz auf dich.«

Gerry erzählte von dem Fernrohr, das er und Fridtjof zusammenmontiert hatten. »Darf ich am Freitagabend zu ihm gehen und dort eine Nacht schlafen? Wir könnten dann gemeinsam in die Sterne schauen.« Seine Eltern waren einverstanden. »Ich werde gleich morgen mit Fridtjofs Eltern telefonieren und alles klären«, versprach Vater Mohamed.

Die erste Schulwoche verging wie im Flug. Fräulein Tjorven unterrichtete die Kinder in Lesen, Rechnen, Schreiben, Kunst und kreativem Gestalten. Gerrys anfängliche Furcht vor all dem Neuen in der Schule hatte sich in Luft aufgelöst. Die Kinder kamen in der Pause zu ihm an das Pult, berührten vorsichtig seine Fühler und seine Ärmchen. »So jemanden wie dich habe ich vorher noch nie gesehen«, rief Daje, ein kleines, rundliches Mädchen mit lockigem Haar. Es hatte nicht nur eine Nickelbrille auf seiner Nase, sondern dort bestimmt auch einhundert kleine Sommersprossen zu Gast, die lustig hin- und hertanzten. »Woher stammst du und wie kommst du hierher?«, wollte Daje weiterwissen.

Gerry holte eine große Keksdose aus seiner Tasche. Mutter Abeer hatte Haferplätzchen mit Rosinen für die ganze Klasse gebacken. Während jedes Kind sich sein Plätzchen aus der Blechdose nahm, erzählte Gerry ihnen, was er von Ägypten wusste. Unzählige Male hatte er auf einem Kissen vor dem Sessel seines Großvaters gesessen und sich die Geschichten über die Pyramiden und Pharaonen angehört. In seinen Gedanken war er dann genau dort. Er konnte den heißen Atem der Wüste spüren und roch die fremden Gewürze, den Duft des Fladenbrotes und der süßen Früchte.

»Wie fühlt es sich an, wenn immer die Sonne scheint und es so warm ist, dass man mit kurzen Hosen und einem T-Shirt hinausgehen kann?«, fragte Kukka, das blonde Mädchen aus der hintersten Reihe. Und Bjarne, ein sehr kleiner Junge mit langen schwarzen Haaren rief: »Und wie ist es, barfuß auf dem Wüstensand zu laufen?« Die Kinder sprachen jetzt alle durcheinander. Sie wollten so viel wissen und Gerry freute sich über ihr Interesse. »Ich kann euch diese Fragen nicht beantworten«, musste Gerry gestehen. »Ich bin nie in Ägypten gewesen. Meine Eltern und mein Großvater Ibrahim verließen ihre Heimat, weil es dort für sie keine Sicherheit mehr gab und keine Möglichkeit des Überlebens. Ich bin hier am Nordpol geboren. Genau wie ihr.«

Jetzt waren die Kinder still. »Das wussten wir nicht. Wir dachten, dass jemand, der anders aussieht, auch woanders geboren sein muss.« Fräulein Tjorven war unbemerkt ins

Klassenzimmer gekommen. »Aber jetzt wissen wir alle, dass es unlogisch ist«, klang ihre helle Stimme freundlich hinter ihnen. »Nicht unser Aussehen erzählt davon, wo wir geboren sind. Denn zur Welt kommen kann man überall auf der Erde. Unser Äußeres kann uns jedoch verraten, wo wir unsere Wurzeln haben. Und das kann für jeden von uns und unsere Freunde eine Bereicherung sein.« Sie legte ihre Hände auf die Schultern zweier Schüler, die vor ihr standen, und blickte in die Runde. »Es ist ein großes Glück für uns, dass Gerry in unserer Klasse ist. Denn durch ihn erfahren wir, dass es am Nordpol nicht nur den Weihnachtsmann, Wichtel und Elfen gibt.« »Und Rentiere!«, rief Kukka. Jetzt lachten alle.

»Wenn ihr wollt, frage ich Großvater Ibrahim, ob er zu uns in die Schule kommen kann, um euch alle Fragen zu beantworten.« »Ja, das wäre toll!«, jubelte Fridtjof und die anderen Kinder stimmten mit lautem Johlen ein. »Ich bin sicher, dass er euch sagen kann, wie es sich anfühlt, barfuß im Wüstensand zu laufen«, lachte Gerry. Fräulein Tjorven schmunzelte. »Das ist eine sehr gute Idee, Gerry. Kannst du deinen Großvater gleich heute Abend fragen?« Sie ging zurück zu ihrem Lehrerpult und klatschte in ihre Hände. »So, liebe Kinder, die Pause ist um. Geht bitte alle an euren Platz und lasst uns den Unterricht fortsetzen.«

Wie jeden Abend konnte es Gerry kaum erwarten, mit seinen Eltern und Großvater Ibrahim am Abendbrottisch zu sitzen und vom Schultag zu erzählen. »Die Kinder hatten so viele Fragen über Ägypten, dass ich ihnen angeboten habe, mit Großvater zu sprechen. Kann er an einem Tag mit zur Schule kommen?« Vater Mohamed sah erst zu Mutter Abeer und dann zu Großvater Ibrahim. Er wusste nicht, wie er es sagen sollte, ohne die Freude seines Sohnes zu trüben. Mutter Abeer übernahm diese schwierige Aufgabe. »Gerry, sei bitte nicht traurig. Aber Großvater Ibrahim kann nicht mit zur Schule gehen. Der Weg dorthin ist nicht weit. Aber durch die Kälte und den Schnee ist es zu beschwerlich für ihn.« Sie legte ihre Hand auf seinen Arm. Gerry ließ seine Fühler hängen. Natürlich verstand er die Argumente seiner Mutter. Aber er hatte es den Kindern doch versprochen. Vater Mohamed wusste, was in Gerry vorging. »Sieh mal, mein Junge«, begann er. »Dass Großvater Ibrahim es nicht zur Schule schafft, bedeutet ja nicht, dass er die Kinder nicht treffen kann.« Jetzt schaute der Junge ihn gespannt an. »Wie meinst du das?« Seine Mutter zwinkerte ihm zu. »Dein Vater will damit sagen, dass du deine Kameraden und deine Lehrerin zu uns nach Hause ein-laden kannst. Wir legen Kissen auf den Fußboden, sodass jedes Kind einen Platz findet. Es gibt heißen Tee und Plätzchen. Das wird bestimmt ein schöner Nachmittag.« Gerry sprang auf, um zuerst seine Mutter und dann seinen Papa und Großvater zu umarmen. »Danke. Das bedeutet mir wirklich sehr viel«, jauchzte er überglücklich.

Am nächsten Morgen konnte er es kaum erwarten, den Kindern und Fräulein Tjorven die Nachricht zu überbringen. »Dann frage deine Eltern, ob wir gleich für nächste Woche einen Nachmittag vereinbaren können. Wir würden dann schon am Mittag den Unterricht beenden, damit jeder noch einmal nach Hause gehen kann, um seine Schultaschen nicht mit in euer Haus tragen zu müssen«, freute sich die Lehrerin. »Ich wünsche euch ein schönes Wochenende«, rief sie den davonstürmenden Kindern nach. Gerry und Fridtjof nahmen ihre Jacken, Mützen und Schals vom Haken und eilten aus dem Schulhaus.

Die Sonne schickte grelle Strahlen, die vom Schnee reflektiert wurden und die Jungen blendeten. Um ihre Augen zu schützen, setzten sie ihre Sonnenbrillen auf und liefen nach Hause. Fridtjofs Haus befand sich auf halber Strecke. »Wann soll ich heute bei dir sein?«, fragte Gerry, der sich darauf freute, bei seinem Freund zu übernachten. Es war das erste Mal, dass er außerhalb seines Elternhauses schlief. »Mein Vater holt dich am Abend ab. Meine Mutter hat eine herrliche Lasagne vorbereitet mit Zucchini, Paprika, Auberginen, Tomaten und Brokkoli. Ich bin sicher, dass du es mögen wirst«, schwärmte

Fridtjof und leckte sich dabei über seine Lippen. »Lasagne habe ich noch nie gegessen«, antwortete Gerry.

Am späten Abend, oder besser gesagt, in der Nacht, saßen die beiden Jungen schließlich auf dem Balkon im Dachgeschoss des Hauses. Sie waren in dicke Decken eingehüllt. Es war sternenklar und frostig. »Am Nordpol steht der Polarstern genau im *Zenit*, also senkrecht über dem Beobachter. Die Gegenrichtung nennt man *Nadir*. Hier am Nordpol sind nur die Sterne des nördlichen Sternen-himmels zu sehen«, vernahmen sie und wandten sich um. Auf dem Giebel konnten sie die klaren Umrisse von Elin erkennen. Sie saß auf dem Dach, als sei sie eine Reiterin im Sattel eines Pferdes. »Es gehen hier keine Sterne auf oder unter, sondern alle Sterne bewegen sich parallel zum Horizont. Sie kreisen um euch herum wie auf einem Karussell«, vollendete Elin ihre Erklärung und schwang sich hinunter zum Balkon. Fridtjof zitterte wie Espenlaub. Nicht, weil es so kalt war, sondern vor Angst.

»Wer, wer, wer ...?«, stotterte er. »Wer, wer ...«, »...wer ist das?«, vollendete Elin seine Frage und stupste ihm lachend an die Nase. Es war ein kleiner Stupser, der nicht weh tat. »Schön, dass du da bist!«, freute sich Gerry. Zu Fridtjof gewandt: »Fridtjof, das ist Elin, meine Freundin und auserwählte große Schwester. Elin ist ein Nordlicht.« Dann schaute er seine Freundin an und zeigte auf Fridtjof. »Elin, das ist Fridtjof, mein bester Freund und Klassenkamerad.« Zögernd reichte Fridtjof dem Nordlichtmädchen die Hand. »Bekomme ich jetzt einen Stromschlag?«, fragte er ängstlich und wachsam darauf bedacht, seine Hand schnellstmöglich zurückziehen zu können. Aber Gerry beruhigte ihn. »Keine Sorge, ich habe Elin schon oft berührt und lebe noch.« Jetzt lachten alle drei. Die Balkontür der unteren Etage wurde geöffnet und die Mutter von Fridtjof schaute nach ihnen. »Ist alles in Ordnung da oben?« Ihre Stimme klang freundlich. »Alles sternenklar, Mama«, antwortete der Elfenjunge. Wieder lachten sie und die Mutter kehrte schmunzelnd zurück in ihr warmes Wohn-zimmer.

»Darf ich?«, fragte Elin, während sie zum Fernrohr ging, das auf einem Stativ montiert gen Sternenhimmel gerichtet war. Die Jungen rückten ein Stück zur Seite. »Oh wow, das sieht ja noch schöner aus, als wenn man sich die Sterne mit den bloßen Augen betrachtet«, freute sie sich. »Ich habe noch nie durch so ein Ding geschaut.« »Das ist ein Fernrohr«, erklärte Fridtjof. »Kennst du dich mit den Sternen aus?«, wollte Gerry wissen. Elin nickte. »Das ist das Erste, was wir Nordlichtkinder von unseren Eltern beigebracht bekommen.« »Wir lernen es später noch in der Schule«, wusste Fridtjof zu berichten.

Das Mädchen schaute ihn traurig an. »Leider können wir Nordlichter nicht zur Schule gehen.« Gerry konnte sich nicht vorstellen, dass Kinder nicht zur Schule gehen durften.

»Warum dürfen die Nordlichtkinder nicht zur Schule gehen?« Elin lächelte. »Ich habe nicht gesagt, dass wir nicht gehen *dürfen*. Das Problem ist: Wir haben keine Schule. Unsere Lehrer sind unsere Eltern und Großeltern.« Fridtjof stellte sich das nicht so schön vor. Den ganzen Tag zu Hause bleiben zu müssen und sich nicht jeden Morgen mit den Kindern in der Schule treffen zu können, würde er persönlich sehr blöd finden. Auch ist es viel lustiger, sich kleine Streiche in der Schule auszudenken. Zu Hause würden seine Eltern sofort wissen, wer ihnen den Streich gespielt hatte. Nein, Kinder gehörten in die Schule, um gemeinsam zu lernen und Spaß zu haben. Und das ganze Drumherum eben.

Elin setzte sich auf die Brüstung des Balkons und blickte nach oben. Die Jungen lehnten sich in ihren Stühlen zurück, warm eingepackt in ihre Decken. Der Atem zauberte kleine Eiskristalle, die im Sternenschein funkelten. Elin zeigte nach oben. »Folgt jetzt meiner Hand. Wir werden uns einmal um unsere Achse drehen.« Sie richtete den Zeigerfinger auf ein Sternbild, das einem Wagen mit Deichsel glich. »Das ist der *Große Bär*. Darunter seht ihr den *Kleinen Löwen* und den *Löwen*. Rechts oben ist das Sternbild *Giraffe* und weiter rechts *Perseus*. Darunter sind *Luchs, Fuhrmann, Stier, Krebs, Zwillinge* und *Orion*. Ganz unten ist das Sternbild *Kleiner Hund*. Jetzt dreht euch mehr nach rechts.« Die Jungen standen auf und rückten ihren Stuhl. »Seht ihr? Dort ist neben dem Sternbild *Giraffe* das Sternbild *Cepheus.*« Gerry staunte. »Es sieht aus wie ein Haus«, stellte er fest. »Darunter ist ein Sternbild, das dem Buchstaben W sehr ähnlich ist«, bemerkte Fridtjof. Elin klopfte ihm auf die Schulter. »Ja, das hast du richtig gekannt. Es ist *Cassiopeia*. Die fünf hellsten Sterne sehen aus wie ein W. Darum nennt man es auch das Himmels-W.« Sie hob ihren Arm und zeigte mit dem Finger auf weitere Sternbilder. »Da sind *Andromeda, Widder, Pegasus*. Und dort ist der *Kleine Bär.*« Gerry und Fridtjof drehten ihre Stühle abermals ein Stück nach rechts. »Dort ist das Sternbild *Drache*«, deutete sie auf eine Sternenformation.

Die Jungen versuchten, den feuerspeienden Drachen aus ihren Bilderbüchern wiederzuerkennen. Gerry lachte. »Er sieht aus wie ein Drache, den die Kinder in der ganzen Welt im Herbst fliegen lassen. Der Kopf wie eine Raute und unten hat er einen langen Schwanz.« Jetzt klopfte Elin ihm auf die Schulter. »Gut gesehen, kleiner Bruder.« Sie drehten ihren Stuhl abermals. »Dort könnt ihr das Sternbild *Herkules* sehen, die *Schlange*, die *Nördliche Krone.*« Gerry rückte seinen Stuhl wieder in die Ausgangs-position, bevor er sich die Decke enger um seinen Körper schlang und wieder zurücklehnte. »Der Sternenhimmel ist wie ein Wunder«, sagte er mit einem andächtigen Ton. Fridtjof, der das Stativ zu sich gezogen hatte und durch das

Fernrohr die funkelnden Nordlichter am Horizont bei ihrem Tanz beobachtete, konnte seine Begeisterung kaum zügeln. »Es ist wie im Märchen. Nur viel schöner.«

Die Balkontür unter ihnen wurde erneut geöffnet. »Kommt jetzt rein, Jungs. Es ist spät geworden. Zeit, schlafen zu gehen«, hörten sie Fridtjofs Mutter. Elin saß wieder oben auf dem Giebel, sodass die Mutter sie nicht entdeckte. »Gute Nacht, Gerry, gute Nacht, Fridtjof«, wünschte sie, bevor sie hinter dem Schornstein verschwand. »Man sieht sich«, rief Gerry hinter-her, nicht sicher, ob sie ihn noch gehört hatte. In der Nacht lag er auf der Luftmatratze, die neben Fridtjofs Bett auf dem Fußboden war. Er kannte bisher nur sein weiches Bett und der Schlaf wollte nicht so recht kommen.

Am nächsten Morgen, gleich nach dem Frühstück, lief Gerry nach Hause. Er erzählte seinen Eltern und Großvater Ibrahim von den Sternen und von der Luftmatratze. »Das ist wie Camping im Wald. Da benutzt man auch oft eine Luftmatratze«, lachte Vater Mohamed. Er hatte darüber in gelesen und konnte sich nicht vorstellen, weshalb Menschen den Luxus eines wunderbaren Bettes gegen einen solchen Schlafplatz in der Natur eintauschen wollten. »Leg dich noch ein Stündchen hin«, sagte Mutter Abeer. Dabei streichelte sie Gerrys rote Wangen und schob ihn zur Treppe, die zu seiner

Kammer führte. Zwischen den weichen Federn schlief Gerry sofort ein, lächelnd von den Sternen träumend.

Zu Gast bei Großvater Ibrahim

Der langersehnte Nachmittag, an dem die Schulkinder Großvater Ibrahim besuchen wollten, war endlich da. Es war Donnerstag. Fräulein Tjorven hatte gemeint, dass dies ein günstiger Tag sei, so kurz vor dem Wochenende. Dann konnten sie am Freitag im Unterricht noch einmal über das Gehörte sprechen. Sie würde die große Weltkarte aufhängen und den Kindern zeigen, wo sich Ägypten befand. Pünktlich um zwölf Uhr schickte sie ihre Schüler nach Hause. »Bitte bringt jeder ein Sitzkissen mit, weil Gerrys Mutter ganz sicher keine dreißig Polster haben wird. Und seid pünktlich um zwei vor Gerrys Haus. Lasst uns nicht zu lange warten.«

Währenddessen hatte Mutter Abeer die kleinen Schränkchen und Tischchen an die Wand geschoben und alle Kissen, die sie im Haus hatte finden können, auf den Teppich im Wohnzimmer gelegt. Die Lehrerin hatte recht gehabt. Dreißig Kissen hatten sie nicht daheim. »Aber das eine oder andere Kind wird sein Kissen bestimmt vergessen«, schmunzelte Mutter Abeer während ihrer Vorbereitungen. Auf dem Küchenofen stand ein großer Topf heißen Früchtetees, im Backofen befanden sich zwei Bleche mit köstlichen Pfefferkuchen und in den riesigen Pfannen, in der sie normalerweise Gerichte mit allerlei Gemüse zubereitete, waren *Mahshi*, die mit Reis gefüllten Weinblätter, und *Kuschari*, ein traditionelles ägyptisches Essen aus Reis, Linsen, Makkaroni, Tomatensauce, Pflanzenöl, Zwiebeln, Kreuzkümmel und Koriander. Auf einem Blech, das zum Warmhalten auf der großen Herdplatte stand, waren *Taameya* aufgereiht. Das sind ägyptische Falafel, bestehend aus Bohnen, Koriander, Knoblauch, Zwiebeln, Kümmel, Pfeffer, Petersilie und Salz. Sie werden wie kleine Bouletten in heißem Öl gebraten und am besten heiß serviert. Ägypter essen sie normalerweise zum Frühstück mit *Foul*, einem Bohnengericht. In einem großen Topf, der auf der hintersten Ecke der Herdplatte stand und nicht mehr köcheln sollte, sondern nur noch heiß zu halten war, befand sich *Molokheya*, eine grüne Suppe, die aussieht wie Spinat. Sie besteht aus gekochten *Molokheya*-Blättern und wird mit Reis, Kartoffeln oder Fladenbrot gegessen.

Pünktlich zur vereinbarten Zeit klopfte es an die Tür. Mutter Abeer öffnete und schaute in neunundzwanzig erwartungsvolle Kindergesichter. Gerry war ja schon im Haus und half Großvater Ibrahim, den Sessel in Richtung Kamin zu schieben, damit für die Schüler genügend Platz war. Fräulein Tjorven stand hinter den Kindern. In ihrer Hand hatte sie einen Strauß Tannenzweige, geschmückt mit filigranen, von den Klassenkameraden gebastelten Sternen. »Das ist ein kleiner Dank, den sie in die Vase stellen können«, lächelte sie, als sie als Letzte das Haus betrag.

Die Jacken der Kinder und der Lehrerin brachte Mutter Abeer in die Abstellkammer, die sich gleich neben dem Eingang befand und allerlei Gegenstände beherbergte, die im Haushalt nützlich waren: einen Besen, einen Schrubber, fünf Eimer, Scheuerlappen, Schwämme, ein Bügelbrett und das Glätteisen, das sie auf den Küchenherd stellte, um es heiß zu machen und damit die Wäsche zu bügeln. Ein Stuhl in der hintersten Ecke, den sie oft als eine Leiter benutzte, nahm nun alle Jacken auf seinen Sitz. Er war stolz, mit dieser verantwortungsvollen Aufgabe betraut zu werden, und schüttelte sich kurz, als Mutter Abeer die Tür von außen geschlossen hatte.

Der Besen in der anderen Ecke, gleich neben der Tür, schnalzte mit der Zunge. »Na endlich hast du auch mal etwas zu tun. So selten, wie sie dich aus deiner Ecke hervorholt. Nur wenn sie zweimal im Jahr die Gardinen abnimmt, um sie zu waschen, braucht sie dich. Mich hingegen nimmt sie täglich, um die Böden im Haus sauber zu halten.« Der Besen begann zu hüsteln. »Und das ist wirklich eine harte Arbeit. Ich frage mich sowieso, weshalb die Leute ihre Häuser so merkwürdig bauen, dass sie ständig irgendwo hochklettern müssen.« Der Stuhl schüttelte sich noch immer, um die Jacken auf seinem Polster gut zu verteilen. Dabei bog er seine Lehne ein Stückchen zurück. So hatte jede Jacke einen gemütlichen Platz. Sie waren seine Gäste und niemand sollte behaupten, dass er kein guter Gastgeber sei. »Jedes Ding hat seinen Sinn«, antwortete er nur kurz, um dann dem Geschehen nebenan im Wohnraum zu lauschen.

Das Murmeln und das Gewirr der vielen unterschiedlichen Stimmen verstummten. Der Besen ließ sich langsam nach vorn fallen und landete auf der Tür-klinke. Jetzt konnte er die Stimmen deutlicher hören. Zuerst begrüßte Mutter Abeer die Gäste und gab jedem von ihnen zwei Haferplätzchen zum Knabbern. »Ahlan wa Sahlan!«, begrüßte sie Großvater Ibrahim. »Das heißt: ›Herzlich willkommen‹ in meiner Landessprache.« Dann begann er aus seinem Leben zu erzählen.

»Ich bin vor beinahe einhundert Jahren in Ägypten geboren worden. Mein Vater war Bau-unternehmer, genauso wie sein Vater davor. Wir haben die schönsten Häuser errichtet. Große Häuser, kleine Häuser, Häuser mit einem Türmchen auf dem Dach, Häuser mit einer Terrasse. Meine Ehefrau hieß Hanaa. Wir hatten zehn Kinder, fünf Jungen und fünf Mädchen. Das war ein Glück für uns, denn wer Kinder hat, muss sich nicht vor dem Alter fürchten. Während die Töchter nach der Heirat das Haus verlassen, um mit ihren Ehemännern in den Häusern von deren Eltern zu leben, bleiben die Söhne im Elternhaus. Sobald ein Sohn heiratet, wird eine neue Etage auf das Haus der Eltern gesetzt. Das Haus wächst mit der Anzahl der verheiraten Söhne.

So war es auch bei uns. Unsere Töchter Samiah, Nada, Mona, Sabah und Amal, verließen unser Haus und nur ganz selten kamen sie zu Besuch. Sie folgten ihren Männern dorthin, wo es Arbeit und ein gutes Auskommen gab. Zwei meiner Töchter gingen mit ihren Familien nach Amerika, eine Tochter blieb in Ägypten, in der Nähe von Kairo und zwei Töchter gingen nach Europa. Dort leben ihre Familien heute noch.« Für einen kurzen Augenblick hielt Großvater Ibrahim inne und Traurigkeit huschte über sein Gesicht. So, als wolle er den ungebetenen Gast beiseite wischen, fuchtelte er mit seiner rechten Hand vor seinem Gesicht und erinnerte sich, dass er jetzt auch fern der Heimat war. Der Gedanke, dass die Familien seiner Kinder ein Zuhause hatten wie er mit seinem Sohn Mohamed, ließ ihn die trüben Gedanken wegschieben.

Er blickte in die zarten Gesichter der Kinder um ihn herum und begann zu lächeln. »Ihr kleinen wundervollen Geschöpfe.« Dann fuhr er fort, ihnen seine Geschichte zu erzählen. »Ägypten ist ein Wüstenland. Überall ist gelber Sand. Auf den Straßen, an den Wänden der Häuser und auch darin. Die warmen Sonnenstrahlen bringen bereits am frühen Morgen die Aromen der Gewürze zum Tanzen. Ihr könnt euch nicht vorstellen, welch fantastische Düfte die Nase kitzeln: der Geruch von Kreuzkümmel - *Kamun*, Koriander - *Gos Bara*, Zimt - *Irf*, Kardamom - *Ebehan*, Nelken - *Oronfel*, Kurkuma - *Kurkum*, Schwarzkümmel - *Habbet Albaraka*, Thymian - *Za'atar*, Chili - *Schatta* und *Mahlab*, ein Gewürz, das zum Backen von Brotstangen verwendet wird. Viele der ägyptischen Gerichte sind ohne diese Zutaten undenkbar wie zum Beispiel *Mahshi*, *Kuschari*, *Taameya* und *Molokheya*, welche ihr heute hier probieren dürft. Kurkuma verleiht den Speisen eine intensivere Farbe. Es duftet himmlisch, und wenn ich nur daran denke, bekomme ich Hunger. Schließt alle eure Augen«, bat Großvater Ibrahim die Kinder. Die Düfte, die jetzt aus der Küche zu ihren Nasen wehten, unterstrichen die Worte des alten Mannes und vermittelten ihnen ein greifbares Bild vom fernen, fernen Ägypten.

Es wurde lebendig unter den Schülern. Sie hatten viele Fragen zum Leben in der Hitze Ägyptens. Bjarne durfte seine Frage zuerst stellen. »Wie ist es, barfuß durch den Wüstensand zu laufen?«, wollte er wissen und die Kinder waren gespannt auf die Antwort. Großvater Ibrahim kräuselte seine Nase. »Wenn du deinen Fuß ganz dicht an die Flammen im Kamin hältst, dann weißt du es.« Alle lachten. Der alte Mann fügte schnell hinzu: » Zwischen Mai und Oktober ist es sehr heiß. Aber in den Wintermonaten oder im Frühling ist es selbstverständlich wunderschön, den Sand zwischen den Zehen zu spüren. Ihr müsst wissen, dass barfuß gehen sehr gesund ist und die meisten Ägypter Schuhe nur tragen, wenn es zu heiß ist.« Kukka meldete sich, um ihre Frage zu stellen: »Wie fühlt es sich an, nur in T-Shirt und kurzer Hose rauszugehen und die warme Sonne auf der Haut zu spüren?« »Das ist beinahe die gleiche Antwort, wie ich sie eben gegeben habe«, erwiderte Großvater Ibrahim. »In den Sommermonaten ist es zu heiß, sodass die Leute langärmlige Gewänder tragen, um sich vor Sonnenbrand zu schützen. Aber in den Wintermonaten und im Frühling streichelt die Sonne die Haut mit sanften warmen Strahlen. Dann kann selbst ein alter Marienkäfer wie ich herumspringen wie ein junges Reh, weil er keine schwere Kleidung zu schleppen hat.« Die Kinder lachten und wurden nicht müde, ihre Fragen zu stellen, und der Opa hatte zu allen Fragen eine Antwort. Manchmal mit einem Augenzwinkern, gefolgt von Kinderlachen.

»Gibt es dort auch Schulen so wie hier?«, erkundigte sich Fräulein Tjorven. Selbstverständlich wusste sie, dass es sie gab. Aber typisch für eine Lehrerin stellte sie diese wichtige Frage für ihre Schulklasse. Großvater Ibrahim lachte. »Natürlich gehen die Kinder in Ägypten auch zur Schule. Manche von ihnen mögen das Lernen und andere würden viel lieber draußen mit ihren Freunden spielen. Auch wenn die Leute dort eine andere Sprache sprechen, in einer anderen Kultur leben und möglicherweise manche Dinge anders tun, als wir es hier gewohnt sind, so sind sie doch genauso wie wir hier. Sie lieben, sie fühlen, sie sorgen für ihre Familien. Kinder lieben ihre Eltern und Mütter verwöhnen ihre Kinder. Väter toben mit ihnen, dass es den Müttern bange wird. Die Kinder spielen Fußball mit den Papas und lassen sich trösten von den Mamas. Sie lernen für die Schule mit ihren Eltern. Es gibt keinen Unterschied.«

Es war still geworden, denn jeder im Raum dachte über diese Worte nach. Nachdem Großvater Ibrahim zu Ende erzählt hatte und alle Fragen beantworten waren, legte Mutter Abeer ein großes Tischtuch auf den Fußboden in die Mitte des Zimmers und stellte fünf große Schüsseln darauf, in die sie das *Kuschari* und *Mahshi* gegeben hatte. Daneben stellte sie die Platten mit den *Taameya* und kleinere Schälchen mit der *Molokheya*-Suppe. Für Großvater Ibrahim hatte sie einen Teller zurechtgemacht, den sie ihm auf das Tischchen neben seinem Sessel stellte. Jeder setzte sich nun um die Gefäße herum und erhielt einen Löffel. Es war ungewohnt für die Kinder und Fräulein Tjorven, auf dem Boden zu sitzen und gemeinsam mit anderen aus einer großen Schüssel zu essen. »So sitzen die meisten Familien in Ägypten bei ihren Mahlzeiten zusammen«, erklärte Vater Mohamed. »Aber hier sind wir für gewöhnlich am Esstisch«, warf Gerry ein. Für ihn war diese Art des Abendessens auch eine vollkommen neue Erfahrung. »Das ist mal etwas ganz Anderes«, sagte Fräulein Tjorven, als sie die zufriedenen glücklichen Gesichter ihrer Schüler erblickte. »Ein Abenteuer in Weihnachtsstadt, mit dem keiner von uns gerechnet hat.« Dabei sah sie in Mutter Abeers Augen und nickte ein stummes »Danke«.

In der Weihnachtsmanufaktur

»Thore!«, rief der Weihnachtsmann mit seiner tiefen Stimme, die einem weit entfernten Donnergrollen glich. Es klang nicht beängstigend, eher Respekt einflößend. Der Tag im Büro der Spielzeugmanufaktur begann wie immer schon sehr zeitig. Noch bevor die ersten Mitarbeiter in der großen Halle damit anfingen, Holz zu sägen, zu schmirgeln, zu schleifen und zu schnitzen oder in der Nachbarhalle die Extruder mit Kautschukmasse zu füttern, um Profile aus Gummi herzustellen, war der Weihnachtsmann schon dabei, die Bücher zu prüfen. Neben ihm dampfte ein großer Pott heißer Tee. Seine Haushälterin hatte ihm dazu einen frischen großen Pfefferkuchen eingepackt, weil sie wusste, wie sehr er diese Speise am Morgen liebte. Feinherbe Schokolade umhüllte den gebackenen Lebkuchenteig und eine dicke Mandel zierte seine Mitte.

Ein kleiner Wichtel kam angelaufen: »Chef, was gibt's?« Der riesige Drehsessel, in dem der weißhaarige Mann saß, bewegte sich geräuschvoll in Thores Richtung. Die silberne Nickelbrille rutschte ihm dabei auf die Nasenspitze, sodass seine klaren, blauen Augen über ihren Rand hinweg-schauten. Seine buschigen weißen Augenbrauen waren zusammengezogen.

»Nicht so übermütig!«, polterte er. »Ich habe einen Namen. Und diesen wirst du respektvoll verwenden.« Mit diesen Worten schubste er mit seinem Zeigefinger die Brille zurück zur Nasenwurzel. Verunsichert trippelte Thore von einem Fuß auf den anderen. »'Tschuldigung, Weihnachtsmann«, murmelte der Wichtel mit gesenktem Blick. Dieser brummte ein »Na, geht doch« und ließ es dabei bewenden.

Thore war fleißig, zu-verlässig und in der Organisation des Büros sehr kreativ. Kurzum, er war eine Perle von einem Büroleiter. Wenn der Weihnachtsmann ihn rief, war er zur Stelle. »Thore, ich möchte dich um einen großen Gefallen bitten.« Dabei stand er von seinem Sessel auf, ging an dem Wichtel vorbei und schloss die Tür. Alva, die Vorzimmerschreibkraft des Weihnachtsmanns und unmittelbare Unterstellte von Thore, spitzte ihre kleinen Ohren, um dem Gespräch weiter folgen zu können. Aber keine Chance: Die Tür zum Büro des Weihnachtsmanns war so dick gepolstert, dass kein Wort hinaus-drang. Sie war beleidigt, dass sie ausgeschlossen wurde, wann immer es spannend zu werden schien. Misslaunig wandte sie sich wieder ihrer Aufgabe zu: dem Schriftverkehr mit den Lieferanten und Speditionen. Viel lieber wollte sie die Wunschzettel der Kinder aus aller Welt bearbeiten: die Briefe öffnen und den Eingangsstempel, der Darstellung des Weihnachtsmanns mit einer Glocke in seiner

Hand, draufdrücken, die Wünsche der Kinder lesen und vorsortieren.

Es gab mehrere Kategorien, nach denen eine Vorsortierung erfolgte: nach dem Alter und nach der Art des gewünschten Spielzeuges. Waren es elektrische Spielsachen, Autos oder Puppen und Plüschtiere, oder waren es Bücher? Je nach Kategorie wurden die Wunschzettel dann nach den Vornamen der Kinder alphabetisch abgeheftet und in die zuständige Abteilung der Manufaktur weitergeleitet. Dort erfolgte dann die Feinsortierung. Früher hatte es noch die Kategorisierung nach Jungen und Mädchen gegeben. Aber das wurde schon seit Jahren nicht mehr praktiziert, da es kein Spielzeug speziell für Jungen oder speziell für Mädchen mehr gab. Alva wusste, dass sie diese Tätigkeit mit Freude erfüllen würde. »Wir brauchen eine zuverlässige Mitarbeitende im Vorzimmer, die sich um unsere Lieferanten und Speditionen kümmert«, hatte der Weihnachtsmann gesagt, als sie vor drei Jahren ihre Lehre als Bürokauffrau beendet hatte. »Wenn du fleißig und mit Hingabe dabei bist, wirst du irgendwann auch die Wunschzettel der Kinder bearbeiten. Das verspreche ich dir.« Diese Worte tönten jetzt in ihr nach und sie schob den Unmut beiseite. »Irgendwann werde ich meinen Traum verwirklichen«, dachte sie bei sich und fühlte sich plötzlich froh. Die Auftragsbestätigungen und Liefer-scheine flogen regelrecht durch ihre flinken Hände in die jeweiligen Ordner, sodass sie zum Klang der Feierabend-glocke einen fein aufgeräumten und leeren Schreibtisch vor sich sehen und zufrieden nach Hause gehen würde.

Währenddessen bereitete Vater Mohamed seine Werkbank vor. Er liebte die Arbeit mit Holz. Sein Fachgebiet war die Schnitzerei. Viele kleine Schnitzmesser in unterschiedlicher Größe legte er säuberlich in eine Reihe auf den Tisch. Dann prüfte er, ob die Klingen der Messerchen noch ausreichend scharf waren. Jene, die er häufiger benutzte, mussten öfter geschliffen werden. Denn nur mit gut gepflegtem Werkzeug war gute Arbeit zu leisten. Vor der Werkbank stand ein Lehnstuhl. Vater Mohamed hatte ihn eigens für seinen Arbeitsplatz liefern lassen. Die Lehne stütze seinen Rücken, damit er beim Schnitzen eine bequeme Körperhaltung einnehmen konnte, ohne Schmerzen zu bekommen. Immer nach einer halben Stunde pflegte er, eine Runde um die Halle zu spazieren. Ausreichend Bewegung und eine gesunde Sitzhaltung waren das Rezept, auf das er vertraute. Einige seiner Kollegen jammerten jeden Abend, wenn die Glocke zum Feierabend rief, wie sehr sie eine Massage für ihren Rücken benötigten. Im Städtchen gab es einen Massage-salon. Jedoch waren die Wartezeiten auf einen Termin sehr lang.

»Ich werde meine Zeit doch nicht in einem Massagesalon vertrödeln, wenn ich vorbeugende Maßnahmen treffen kann«, lachte er zu Hause und Mutter Abeer pflichtete ihm bei. »Ich bin froh, dass du so sehr auf deine Gesundheit achtest«, sagte sie dann lobend. Bevor das Abendessen aufgetragen wurde, hatte es sich Vater Mohamed darum zur Gewohnheit gemacht, noch einmal in seine dicken Stiefel und Sachen zu schlüpfen und für eine Stunde durch den Schnee zu stapfen. Am liebsten hatte er es, wenn Abeer und Gerry ihn begleiteten. Meistens jedoch blieb seine Frau da-heim bei Großvater Ibrahim, um mit dem alten Mann ›Dame‹ zu spielen und auf das Essen auf dem Herd achtzugeben. Gerry begleitete Vater Mohamed fast jeden Tag. Er liebte es, dessen Geschichten zu lauschen. Dann erzählte der Vater seinem Sohn von Ägypten, von den Pharaonen, die vor Tausenden von Jahren gelebt hatten und von deren Leben die einzigartigen Pyramiden Zeugnis ablegten. Gerry wusste ja, weshalb seine Familie ihre Heimat verlassen hatte. Oft hatte Großvater Ibrahim ihm davon berichtet und dabei traurig ausgesehen.

»Ägypten muss wunderschön sein«, sagte er in die Stille des Abends. Sein Vater nickte. »Ich wünschte, Opa könnte es noch einmal besuchen.« Jetzt blieb Gerry stehen und sah seinem Papa ins Gesicht. »Meinst du, dass er die Pyramiden noch einmal sehen kann?« Vater Mohamed blickte betrübt. »Nein, mein Sohn. Das geht nicht. Wir waren sehr viele Monate unterwegs, bis wir hier eine neue Heimat gefunden haben. Es wäre zu beschwerlich. Ich denke nicht, dass dein Opa die Mühen der Reise überleben würde.« Langsam gingen sie zurück zum Haus, dessen Schornstein weißen Rauch in den funkelnden Himmel blies. Die kleinen Sterne über dem Giebel des Daches nahmen sich bei den Händen und begannen zu tanzen. »Ich möchte noch ein bisschen vor der Tür bleiben«, bat Gerry und sein Vater nickte. »Fünf Minuten.« Allein in der Dunkelheit holte der Junge tief Luft. Sie war klar und frostig. Der Atem des kleinen Marienkäfers gefror zu Eis-kristallen, sobald er Nase und Mund verließ. Sie schillerten wie Glitzerstaub.

Wie er es erhofft hatte, kam Elin hinter dem Holzstapel hervor. »Lust auf einen kleinen Plausch?«, scherzte sie, während sie auf ihn zulief. Gerry war erfreut. »Es ist schön, mit jemandem sprechen zu können, wenn man etwas auf dem Herzen hat«, begann er. Das Nordlichtmädchen wusste schon, worum es ging, denn sie hatte das Gespräch zwischen ihm und Vater Mohamed mitgehört. Selbstverständlich hatte sie nicht gelauscht. War es ihre Schuld, dass sie sich just in dem Moment genau dort aufhielt, wo Gerry und sein Vater waren? »Ich würde meinem Opa so gern helfen, noch einmal in seine Heimat zurückzukehren«, sagte er traurig. Elin biss sich auf die

Unterlippe. Das tat sie immer, wenn sie über etwas nachdachte. »Woher weißt du, dass dein Opa das möchte?«, wollte sie wissen. Gerry war sich sicher, dass Großvater Ibrahim an nichts Anderes denken konnte als an seine alte Heimat. Schließlich hatte er dort seine Kindheit und seine Jugend verbracht, hatte seine Familie und ein glückliches Zuhause gehabt.

»Du solltest dir nicht zu viele Gedanken darüber machen, was sein könnte. Frag ihn einfach, Gerry! Dann weißt du es.« Jetzt sah er Elin an. »Du bist wirklich wie eine große Schwester. Weißt du das? Du bist klug und verstehst es, meine Gefühle in einem Netz aus Hoffnung und Zuversicht aufzufangen. Jetzt bin ich nicht mehr so traurig.« Elin freute sich. »Wenn du denkst, dass ich klug bin, würdest du mir dann einen Gefallen tun?« »Jeden!«, antwortete er blitz-schnell. »Ich wünschte, ich könnte auch in deine Schule gehen«, seufzte sie nun. »Frag deine Lehrerin, ob ich mit-kommen darf. Ich würde so gern lernen, wie man liest, schreibt und rechnet.« Gerry erinnerte sich an die Sternennacht auf dem Balkon bei Fridtjof. »Du hast recht Elin. Jedes Kind sollte zur Schule gehen dürfen. Ich spreche gleich morgen früh mit Fräulein Tjorven«, versicherte er, während sich die Haustür öffnete. »Gerry, es wird Zeit, ins Warme zu kommen!«, rief Mutter Abeer freundlich in die Nacht. Sie hatte Elin bemerkt, die flink hinter dem Holzstapel verschwunden war, und lächelte. Bisher hatte ihr Sohn noch nicht den Mut fassen können, mit seiner Familie über seine neue Freundin zu sprechen, die ihn beinahe täglich von der Schule nach Hause begleitete. Zugegeben, oft war nur ein grüner zarter Schein sichtbar, da die Sonne noch nicht unterm Horizont verschwunden war. Aber die Leute in Weihnachtsstadt tuschelten bereits darüber. »Abeer, ist dir nicht aufgefallen, dass dein Sohn nie allein auf dem Schul-weg ist?«, hatten sie sie gefragt. Die Mutter war froh, ihren Sohn in Gesellschaft eines Freundes zu wissen. Deshalb lächelte sie und sagte zu ihnen: »Es ist mir gleich, wer Gerrys Freunde sind, wenn er mit ihnen glücklich ist.«

Zum Abend-essen gab es Linsensuppe und köstliches Zwiebelbrot. Gerry beobachtete Großvater Ibrahim, der genüsslich seine Suppe löffelte und mit den noch völlig intakten Zähnen beherzt vom Brot abbiss. In dessen Gesicht konnte er keine Weh-mut erkennen. Nur Frieden. Dieses kleine Wort, das im großen Wort *Zufriedenheit* ein Zuhause gefunden hatte. »Opa?« Der alte Marienkäfer schaute von seinem Teller auf. »Ja, mein Junge?« Die wachen Augen hinter seiner dicken Brille waren nun auf ihn gerichtet. »Wenn du einen Wunsch frei hättest, was würdest du ganz arg wollen?« Vater Mohamed wusste sofort, worauf sein Sohn hinauswollte, und der traurige Ausdruck kehrte zurück in sein Gesicht. Großvater

Ibrahim lachte. »Ich habe nur den einen Wunsch«, begann er und legte seinen Löffel auf den Rand seines Tellers. »Ich möchte, dass wir alle vier zusammen gesund und glücklich sind und unser Zuhause niemals mehr verlassen müssen.« Gerrys Augen suchten die seines Vaters. »Du wünschst dir nicht, noch einmal die Pyramiden zu besuchen?«, fragte er ein wenig ungläubig. Der Opa lachte wieder sein herzliches Lachen. »Nein, warum sollte ich es mir wünschen? Ein Zuhause ist dort, wo die Familie ein sicheres Dach über dem Kopf hat und das Glück daheim ist. Gibt es einen besseren Ort für uns als diesen hier?«

Vater Mohamed legte seine Hand auf die des Großvaters. Mutter Abeer tat es ihm gleich. Alle drei Augenpaare waren nun auf Gerry gerichtet. Strahlend legte er seine Hand obendrauf, sodass die Hände der Familie einen kleinen Turm bildeten. »Für immer zusammen!«, riefen sie wie aus einem Munde.

Vater Mohamed trifft den Weihnachtsmann

Am nächsten Morgen stand Thore schon an Vater Mohameds Werkbank, als dieser an seinen Arbeitsplatz kam. Er hatte sich vorher noch schnell seine Arbeitsschuhe mit den Stahlkappen angezogen, um sich vor herunter-fallendem schwerem oder spitzem Material oder Werkzeug zu schützen. »Bin ich zu spät?«, fragte er und schaute auf seine Uhr. Thore lächelte und winkte ab. »Nein, nein, Mohamed. Du bist pünktlich wie immer. In den vergangenen sechs Jahren bist du nicht ein einziges Mal zu spät gekommen.« Mit einem Blick auf die Messerchen, die Vater Mohamed unterdessen aus dem Lederetui holte, fuhr er fort: »Der Boss«, er räusperte sich, »der Weihnachtsmann möchte dich heute Abend gern zu einem Tee in sein Haus einladen. Hast du Zeit?« Vater Mohamed durchsuchte die Schubladen in seinem Kopf, um herauszufinden, was der Grund für diese unerwartete Geste sein könnte. Aber ihm fiel spontan nichts ein. Darum blickte er forschend in die Au-gen des Wichtels. »Gibt es irgendwelche Probleme?« Thore lachte so freundlich, dass sich seine Anspannung löste. »Der Weihnachtsmann möchte sich mit dir einfach nur einmal ungezwungen unterhalten. Hier in der Manufaktur herrschen immer Trubel und Geschäftigkeit. Bei ihm zu Hause ist es ruhiger und gemütlicher. Und es wird auch ganz gewiss nicht allzu lange dauern.«

Am Nachmittag, nachdem er seine Arbeit beendet, die Werkbank aufgeräumt und den Fußboden gekehrt hatte, eilte Vater Mohamed nach Hause. »Abeer, es tut mir leid, aber ich muss gleich wieder los!«, rief er beim Betreten des Flurs. Wie immer kam seine Frau ihm freudig entgegen, um ihm den Mantel abzunehmen und auf den Kleiderbügel in der Nähe des Kamins aufzuhängen. Sicher, er hätte es auch alleine gekonnt. Aber das war nicht der springende Punkt. Mit diesem Ritual wollte Abeer ihm zeigen, dass sie auf ihn gewartet hatte. Auch nach so vielen Jahren ihrer Ehe. »Was ist passiert?«, fragte sie sorgenvoll. Aber Vater Mohamed streichelte beruhigend ihre Wange. »Nichts ist passiert. Aber mein Boss, pardon: der Weihnachtsmann, hat mich zum Tee eingeladen. Thore sagt, es wäre nur ein kurzes Gespräch. Zum Abendessen bin ich also wieder da.« Er lächelte, aber Abeer konnte die Anspannung in seinem Gesicht sehen. »Warte, ich gebe dir ein paar Haferplätzchen für ihn mit«, meinte sie und eilte in die Küche. In einer großen Blechdose bewahrte sie die köstlichen Kekse auf. Sie nahm ein kleines Schächtelchen und füllte es bis zum Rand. Damit kehrte sie zu ihrem Mann zurück. »Mit lieben Grüßen!«, lächelte sie und schob ihn zur Tür. »Bis nachher, mein Schatz.«

Mohamed stapfte durch den hohen Schnee direkt auf den Wald zu. Der Weg war steil und führte vorbei an der großen Koppel der Rentiere, die dort tagsüber ihrem Drang nach Bewegung nachgehen konnten. Ein Unterstand schützte sie und ihr Futter vor Nässe. In einer Raufe waren frisches Heu, Kastanien und Eicheln, welche die Leute aus aller Welt nach Weihnachtsstadt schickten. Kinder sammelten die Früchte des Waldes und der Bäume und brachten sie auch zu den Förstern. Weil es manchmal so viel war, dass die Tiere im heimischen Gehege es gar nicht essen konnten, ließen ebenso die Förster es in Säcken zum Nordpol nach Weihnachtsstadt liefern.

Am Ende des Weges erblickte Mohamed das Haus des Weihnachtsmanns. Es unterschied sich nicht von denen der anderen Bewohner. Es war nicht größer oder prunkvoller als die der anderen. Noch bevor er das Haus erreichte, öffnete sich die Tür und der Weihnachtsmann stand in voller Montur vor ihm: »Du bist ja ganz außer Atem!«, gluckste er, während sein Bauch sich vor Lachen hob und senkte. »Ich hoffe, es war nicht zu anstrengend nach dem langen Arbeitstag.« Freundlich bat er seinen Mitarbeiter ins Haus. »Du hast ja denselben Weg, jeden Tag, wenn du nach der Arbeit heim-gehst«, erwiderte Vater Mohamed, während er sich den Mantel abnehmen ließ. Wieder lachte der Weihnachts-mann. »Nein, nein. Ich habe doch meine Rentiere. Zwei von ihnen ziehen täglich meinen

Schlitten nach Hause. Sie können es nicht abwarten, sodass ich aufpassen muss, gerecht jeden Tag durchzuwechseln, dass jeder mal drankommt.«

Sie setzten sich auf die beiden Sessel, die direkt vor dem Kamin standen. Es sah beinahe so aus wie bei Mohamed zu Hause. Auf dem Tisch stand eine Kanne mit duftendem Lindenblütentee bereit. »Den Tee bekomme ich jedes Jahr von freundlichen Eltern aus der ganzen Welt geschickt. Probiere mal.« Dabei füllte der Weihnachtsmann die Tassen bis zum Rand und reichte eine zu Mohamed. Dieser sprang auf und lief zu seinem Mantel, der am Haken an der Wand hing. In der linken großen Tasche war das Schächtelchen mit den Haferplätzchen. Etwas verlegen reichte er es dem Weihnachtsmann und nahm wieder Platz. »Das schickt dir meine Frau, Abeer, mit den besten Grüßen.« Der bärtige Mann lachte erfreut und steckte den ersten Keks in den Mund. »Mmmhhh, vorzüglich«, brummte er genüsslich und bot seinem Gast die Schachtel hin. Dieser winkte jedoch ab. »Nein, die sind nur für dich. Zu Hause haben wir genug davon. Abeer ist eine leidenschaftliche Bäckerin und Köchin.«

Der Weihnachtsmann konnte den Stolz in Mohameds Worten erkennen und sah es ihm auch an. »Das höre ich gern und mir kommt da spontan eine Idee. Aber heute wollte ich mich mit dir über deine Arbeit unterhalten. Du bist nun schon seit sechs

Jahren in der Manufaktur. Du bist immer pünktlich und deine Schnitzereien bereichern unser Sortiment. Es tut mir leid, dass ich vorher nie die Zeit gefunden habe, mich bei dir für die ausgezeichnete Arbeit zu bedanken. Aber du weißt ja selbst, dass in unserem Unter-nehmen immer Hochbetrieb herrscht.« Mohamed nickte und antwortete: »Es ist immer Trubel, aber niemals zu stressig. Gerade so, dass die Zeit verfliegt.« Der Weihnachts-mann nahm sich noch ein Plätzchen. »Ich möchte dich gern in die Chefetage holen, als meinen Chefdesigner«, fuhr er fort. Der Marienkäfer spürte, wie ihm die Röte ins Gesicht stieg. Auf solch ein Lob war er nicht vorbereitet. »Ähm ähm, ich weiß gar nicht, was ich jetzt dazu sagen soll«, stammelte er. Der Weihnachtsmann beugte sich vor und klopfte ihm sanft auf die Schultern. »Du brauchst nur 'ja' zu sagen.« Dabei begann er wieder schallend zu lachen, dass die Tiere im angrenzenden Wald ihre Ohren spitzten. Ein heitereres Lachen hatte die Welt noch nie gehört. Vater Mohamed lachte nun auch. »Ja!«, rief er und der neue Arbeitsvertrag wurde per Handschlag besiegelt.

Nachdem der Tee ausgetrunken war, verabschiedete sich der Marienkäfer. »Einen Moment«, bat der Weihnachts-mann und kam mit einem kleinen Schlitten zurück. »Für den Heimweg kannst du den Schlitten nehmen. Es geht nur bergab und du bist ganz schnell zu Hause. Bei Gelegenheit komme ich bei dir vorbei und hole ihn wieder ab.« Mohamed bedankte sich artig, hatte jedoch Angst, dieses Gestell zu benutzen. Noch nie in seinem Leben hatte er auf einem Schlitten gesessen. »Keine Sorge«, beruhigte ihn der Alte. »Es geht ganz einfach. Setz dich nur drauf.« Wie der Wind sauste der Marienkäfer den Weg hinunter und kam erst an seinem Haus zum Stehen. Das hatte Spaß gemacht. Mit roten Wangen schaute er sich um. Niemand hatte ihn gesehen, denn die Dämmerung war bereits herein-gebrochen.

Am nächsten Morgen klopfte es an der Tür. »Wer kann das sein, so früh am Morgen?«, fragte Mutter Abeer, während sie sich die Finger an ihrer Schürze abtrocknete und zum Eingang lief. Im gleichen Augenblick schlug sie ihre Hände vor den Mund. »Na, wer wird denn gleich so erschrecken?«, fragte eine tiefe freundliche Stimme. Es war der Weihnachtsmann, der lachend vor ihr stand. Mutter Abeer hatte ihre Fassung wieder. »Oh, guten Morgen, lieber Weihnachtsmann. Aber mit dir hatte ich nicht gerechnet«, entschuldigte sie sich und kam sich sehr albern vor. Es war das erste Mal, dass sie ihn leibhaftig vor sich sah. Zur alljährlichen Weihnachtsfeier, die der Weihnachtsmann für alle Stadtbewohner vor der großen Auslieferung der Geschenke in die ganze Welt gab, war er immer nur ein kleiner Punkt in der großen Menge.

Vater Mohamed kam zur Tür. »Guten Morgen, Weihnachtsmann. Du möchtest doch bestimmt deinen Schlitten abholen.« Mit diesen Worten ging er in die Abstellkammer und kam damit zurück. »Es hat wirklich großen Spaß gemacht. Ich glaube, dass es kein gewöhnlicher Schlitten ist, wie ihn unsere Kinder haben, nicht wahr?« Der Weihnachtsmann zwinkerte ihm zu. »Das bleibt unser Geheimnis.« Mutter Abeer sah abwechselnd ihren Mann und den Weihnachtsmann an. In ihre Gedanken hinein hörte sie den weißbärtigen Alten fragen: »Abeer, hast du fünf Minuten Zeit für mich?« Ihr Mann wusste im gleichen Augenblick, weshalb der Weihnachtsmann hier war, und bat ihn herein. »Möchtest du einen Tee?«, fragte er ihn, während er ihm den Sessel von Großvater Ibrahim anbot. Der Alte winkte ab. »Nein, ich bin nur auf einen Sprung vorbeigekommen, um mit Abeer zu sprechen.« Jetzt blickten seine blauen Augen in ihr Gesicht. »Wie niedlich diese Marienkäfer doch aussehen«, dachte er bei sich und lächelte mit seinem Blick. »Ich habe gehört, dass du eine großartige Bäckerin und Köchin bist«, begann er und Mutter Abeer zwirbelte aufgeregt am Zipfel ihrer Küchen-schürze. »Darum möchte ich dich fragen, ob du als Leiterin der Schulküche für eine gesunde und abwechslungsreiche Verpflegung sorgen möchtest. Die alte Köchin Lillemor kann kaum noch etwas sehen. Auch ihren Geschmackssinn scheint sie verloren zu haben. Sie dürfte an die einhundert Jahre alt sein und hat den

Ruhestand verdient. Aber wie das so ist mit den alten Leutchen, möchte sie erst aufhören, wenn eine würdige Nachfolgerin gefunden worden ist.«

Mutter Abeer bedankte sich für die Ehre und das in sie gesetzte Vertrauen. »Wann kann ich anfangen?«, fragte sie strahlend und brachte den Bauch des Weihnachtsmanns zum Tanzen. Lachend erhob er sich und erwiderte: »Gleich morgen, wenn es dir recht ist.« Unterdessen hatte sich Gerry auf den Weg zur Schule aufgemacht. Seine Lunch Box im Rucksack und ein Liedchen auf den Lippen stapfte er durch den Schnee und bog ab, um Fridtjof abzuholen. Gemeinsam gingen sie plaudernd weiter und erreichten pünktlich zum Läuten den Klassenraum. Fräulein Tjorven betrat mit ihnen das Zimmer. »Auf den letzten Drücker«, flüsterte sie und zwinkerte den beiden zu. »Setzt euch schnell auf eure Plätze.« Zu allen anderen Schülern gerichtet klatschte sie in die Hände. »So, Kinder, setzt euch hin, damit wir anfangen können.« Wie jeden Morgen zeichnete die Lehrerin einen lächelnden Smiley an die Tafel, um alle Kinder auf einen fröhlichen Tag einzustimmen. Gut gelaunt und die inneren Unruhegeister gebändigt lagen alle Augen auf ihr und der Unterricht konnte beginnen.

In der Mittagspause beeilte sich Gerry, die Suppe zu essen und seinen Teller zur Geschirrabgabe zu bringen. Sich den Mund mit dem Handrücken abwischend rannte er eine Etage höher zum Lehrerzimmer und klopfte sachte an. Er wusste, dass es nicht gern gesehen war, die Lehrer in ihrer Pause zu stören. Dafür hatte man vor dem Unterricht oder danach auch noch Zeit. Aber heute Morgen war es ja etwas später geworden. Gerry wollte sein Versprechen, das er Elin gegeben hatte, halten. »Herein!«, hörte er die freundliche Stimme seiner Lehrerin.

Fräulein Tjorven war nicht böse über seine Störung. »Komm herein, Gerry, und erzähle mir, was du auf dem Herzen hast«, winkte sie ihn zu sich. Der kleine Marienkäfer wusste erst nicht so recht, wie er beginnen sollte. Die Sommersprossen auf der Nase der Lehrerin ermunterten ihn. »Los, keine Angst!«, riefen sie im Chor und Gerry erzählte von Elin, ihrer gemeinsamen Sternennacht mit dem Schulfernrohr und schließlich von ihrem Wunsch, zur Schule gehen zu dürfen.

Fräulein Tjorven war zuerst sichtlich überrascht. Doch dann öffnete sie ihr Klassenbuch und fragte: »Wie ist noch mal der Name des Nordlichts?« »Elin«, antwortete Gerry glücklich, als er sah, wie sie den Namen seiner Freundin in die Spalte der Namen seiner Klassen-kameraden schrieb. »Du kannst deiner Freundin sagen, dass wir sie ab morgen jeden Tag in der Schule erwarten.« Sie lächelte. »Vielleicht könnt ihr eine Lerngemeinschaft bilden, damit sie schnell den Anschluss findet.« Der

Vorschlag gefiel Gerry. Er konnte es kaum erwarten, Elin am Nachmittag zu treffen und ihr von der Neuigkeit zu erzählen.

Alte Freunde

Gerry spürte, dass es kalt geworden war und öffnete seine Augen. »Alter Mann«, lachte er. »Du bist wieder einmal vor dem Abendessen eingeschlafen.« Im Kamin waren nur noch kleine tanzende Flammen über der grauen Glut zu erkennen. Hier und da glomm es rot auf. Schnell eilte Gerry zum Holzregal neben dem Kamin und legte vier Scheite nach. Das sollte bis zum Schlafengehen reichen. Auch in dem kleinen Küchenofen war das Feuer fast erloschen. Die Suppe von Ragna war jedoch noch warm. Darum war es nicht nötig, das Feuer mit weiterem Holz zu nähren.

Heute roch das Essen besonders gut. Gerry nahm sich eine große Schüssel aus dem Regal und füllte sie bis zum Rand. »Das wird mir schmecken«, sprach er wieder mit sich selbst. Es klopfte. Wer konnte das so spät noch sein? Er schlüpfte in seine dicken Pantoffeln und schritt zur Tür. Durch das runde Glas darin konnte er sehen, dass es ein großer Besucher sein musste. »Das ist aber eine Überraschung!«, rief er aus, als er geöffnet hatte. »Fridtjof, mein alter Freund!« Dieser nahm seine Pudelmütze vom Kopf und lachte ihn an. Seine Nase und seine Wangen waren rot. Draußen musste es sehr kalt sein. »Komm erst mal rein in die warme Stube«, meinte Gerry und holte die Besucherhausschuhe aus dem Schränkchen, das sich neben dem Eingang befand. Die Schlappen waren groß, sehr groß. Sie passten nur ihm, seinem besten Freund. »Was verschlägt dich zu so später Stunde noch zu mir? Oder habe ich unseren Spieleabend vergessen?« Fridtjof lachte. Er und Gerry trafen sich an jedem Freitagabend zu einer Partie Dame. Dabei sprachen sie über vergangene Zeiten und philosophierten über das Weltgeschehen. »Nein, nein. Keine Sorge alter Junge. Ich kam gerade von einem Termin in der Manufaktur und sah das Licht bei dir.«

Gerry schob Holzscheite in den Küchenofen, um einen heißen Tee zuzubereiten. »Setz dich. Ich bin gleich bei dir«, rief er ihm zu. In einer Blechdose bewahrte er köstliche Haferplätzchen auf. So, wie sie seine Mutter, Abeer, gebacken hatte, als er noch ein Kind gewesen war. Er legte vier Kekse auf einen Teller und brachte ihn zusammen mit den zwei Tassen auf einem Tablett in die Stube. Es würde noch ein Weilchen dauern, bis der Wasserkessel pfiff. »Welchen Tee möchtest du zu dem Gebäck trinken?«, fragte er seinen Freund. »Du weißt, dass ich zu den Haferplätzchen a la Mutter Abeer gern Apfeltee mit Zimt trinke«, erwiderte Fridtjof, während ihm bereits das Wasser im Munde zusammenlief. »Warte noch mit der Nascherei«, bat Gerry. »Ich habe meine Abendsuppe noch nicht angerührt. Mach mir die Freude und iss mit mir.«

Es war reichlich übriggeblieben. Er nahm eine große Schüssel und schöpfte den Inhalt des Topfes hinein. Fridtjof zog sich einen zweiten Sessel, der für Gäste in der Ecke unter dem Fenster stand, an den Kamin heran, um nah am Tischchen zu sitzen. Dann stocherte er mit dem Schürhaken in der Glut und legte einen Armvoll Holzscheite auf. Inzwischen war Gerry mit der Kanne bei ihm. Er goss den wunderbar duftenden Tee in die beiden Pötte. Sie setzten sich, nahmen die Schälchen auf ihren Schoß und begannen, die Suppe zu löffeln. »Mmmhhh«, brummte Fridtjof. »Ragna ist und bleibt die beste Köchin weit und breit, seitdem Abeer nicht mehr bei uns ist.« Gerry nickte. »Schön war es damals, als meine Mutter anfing, für die Schüler zu kochen.« »Und alle Kinder wurde fetter«, lachte Fridtjof grunzend. »Ganz besonders ich.« Jetzt lachten beide laut schallend. Gerry blickte seinen Freund an. Es war wie immer, wenn sie zusammen waren. Sie lachten noch immer über die gleichen Witze. Es fühlte sich an, wie damals, als sie noch Kinder waren. »Der Einzige, der niemals dicker wurde, warst du.« Dabei sah Fridtjof seinen Kumpel strahlend an. Gerry zuckte mit den Schultern. »Wer weiß, vielleicht die Gene.« Auf den unsicheren Blick seines Freundes in fragte er: »Schon mal einen fetten Marienkäfer gesehen?« Fridtjof, der gerade an seinem Tee nippte, schüttelte sich vor Lachen, sodass einige Tropfen des heißen Getränks auf seine Finger spritzten.

Nach dem Abendessen brachte Fridtjof die leeren Schüsseln in die Küche und spülte sie sofort ab. Inzwischen hatte Gerry sein Pfeifchen angesteckt. Zurück im Sessel lehnte auch Fridtjof sich zurück und sah den Qualmkringeln der Pfeife zu. Er hatte niemals mit dem Rauchen begonnen. Stattdessen griff er nach den Plätzchen. »Ich wollte mit dir über mein Enkelkind sprechen«, begann er die Unterhaltung. Gerry sah ihm durch den Dunst seiner Pfeife an. »Lykke oder Bjarne?« »Lykke natürlich.« Bei diesen Worten blickte Gerry seinen Freund an und lächelte sanft. »Sie ist jetzt in diesem gewissen Alter.« Seine Augen begannen zu leuchten. Fridtjof und seine Frau Smilla lebten mit ihrem Sohn Svante und der Schwiegertochter Imke in einem großen Haus. Gerry war schon immer ein Teil der Familie gewesen, sodass er die Hochzeit seines besten Freundes und auch die dessen Sohnes miterlebt hatte. Er erinnerte sich an den Tag, als Lykke geboren worden war. Sie war fast wie sein eigenes Enkelkind. So sehr hatte er sie in sein Herz geschlossen. Ihre großen schwarzen Augen schauten munter umher, so, als wolle Lykke von der ersten Minute an nichts verpassen.

Sie entwickelte sich prächtig und überragte ihre Altersgefährten um einen Kopf. Sie kam ganz nach dem Vater. Jedoch nur, was die Größe betraf. Lykke war dünn wie eine Zuckerstange, obwohl sie Süßigkeiten liebte. Ganz besonders

Pfefferkuchen und Haferplätzchen. Noch bevor Lykke hatte lesen können, waren Bücher ihre Freunde. Sie blätterte in Wälzern, auf denen große Baumaschinen abgebildet waren oder Raketen, die zu den Sternen flogen. Lykke konnte es kaum erwarten, in die Schule zu gehen. Für sie war jeder Tag ein neues Abenteuer. Sie war so in ihren Gedanken, dass sie oft vergaß, sich ihre Jacke anzuziehen, bevor sie nach Hause lief. Jeden Morgen erinnerte Mutter Imke sie: «Lykke, bitte bring heute mal alle Jacken mit nach Hause.« Das tat sie in der Regel bis zum Freitag. Da war bereits am Mittag Schulschluss. Dann stand Mutter Imke an den Stufen zur großen Eingangstür, wartend, dass das Läuten der Glocke ertönte. Lykke hatte heute ihre vier vergessenen, dicken Jacken mit nach Hause zu nehmen und ihre Mutter wusste, dass es unmöglich allein zu schaffen war. Auch wollte sie sicher sein, dass Lykke alle Schulmaterialien heimbrachte. Am Wochenende schaute sie sich an, was ihre Tochter in der Woche Neues gelernt hatte, und ob es Notizen vom Lehrer im Elternheft gab, die sie unterschreiben musste.

Jetzt hörte Gerry ein lautes Grunzen. »Erinnerst du dich daran, als Lykke das Dreirad ihres kleinen Bruders zerlegt hat? Er lag mit einer Erkältung im Bett und musste es im Schuppen stehen lassen.« Gerry stimmte in das Lachen mit ein. »Ja, ich erinnere mich. Sie erzählte mir, sie habe die Räder und Pedale geölt, weil sie so gequietscht hätten.« »Dazu hat sie das Olivenöl ihrer Mutter aus der Speise-kammer geholt«, lachte Fridtjof im tiefen Bass. »Sie war schon immer ein Fuchs.« Fridtjofs Stimme klang stolz. Gerry wusste, wie sehr. Jetzt wurde sein Freund jedoch ernst. »Sie ist nicht mehr so entzückend, wie sie einmal war. Sie ist launisch und immer voller Zorn. Mein Freund, wir wissen manchmal nicht mehr, was wir tun können, um es ihr leichter zu machen.«

Gerry ging in die Küche, um ein paar Scheite Holz nachzulegen und den Wasserkessel erneut zum Singen zu bringen. Ein heißer Früchtetee würde beiden guttun. Zurück auf seinem Sessel stopfte er frischen Tabak in sein Pfeifchen und steckte es erneut an. Für einen Augenblick saßen sie schweigend da. Die Rauchschwaden aus der Pfeife zogen in Wellen durch den warmen Raum, der nur vom Schein des Kaminfeuers erhellt war. Leise begann der Kessel zu summen und Fridtjof sprang hoch. »Bleib sitzen, ich kümmere mich um den Tee«, sagte er im Gehen. »Hast du Kluntje?«, rief er aus der Küche. Für die, die nicht wissen, was Kluntje ist: Es ist Kandiszucker. Normalerweise benutzt man ihn für schwarzen Tee. »Man nimmt ein Stück zwischen seine Zähne und schlürft den Tee. Die Süße schmecken wir hauptsächlich auf der Zungenspitze, dort, wo der Kluntje bereits auf den Tee wartet.« So zumindest erklärte es Fridtjof seinem Freund. Gerry war der Meinung, dass die Süße des Honigs dem in nichts nachstand. Außerdem war Honig gesünder. Doch jeder hatte so seine Vorlieben und Gewohnheiten.

Zurück am Kamin goss Fridtjof den Tee in die Pötte, nahm sich ein weiteres Haferplätzchen und lehnte sich zurück. »Würdest du mit ihr reden?« Gerry nickte. Lykke hatte ein Alter erreicht, in welchem die Kindheit sie verlassen wollte. Ihre Gefühle fuhren Achterbahn. Ihre inneren Unruhegeister hatten die Oberhand und nichts, was sie tat oder sagte, ergab irgendeinen Sinn. Doch gerade jetzt brauchte sie das Gefühl von Liebe und Geborgenheit ihrer Familie. Es war Zeit für ihre Eltern, sie loszulassen und sie behutsam führend auf dieser Reise zu begleiten. Es würde eine Reise ohne Wiederkehr sein und die erste schmerzliche Erfahrung, etwas unwiederbringlich zu verlieren, welche die Eltern und das Kind miteinander teilten. Aber der Weg würde sie an neue unbekannte Orte führen, wie sie Lykke sich nie hätte erträumen können. Etwas zu verlieren bedeutete auch, etwas zu finden. Am Ende ihrer Reise, so waren sich Gerry und Fridtjof sicher, würde Lykke eine erwachsene Elfe sein, die Verantwortung für sich und andere übernehmen konnte. Die Vernunft, die für eine sehr lange Zeit auf Urlaub gegangen war, wurde zurückgekehrt sein mit Sack und Pack und alle Mühsal, alle schmerzlichen Gefühle, jede Verletzung würde dann vergessen sein.

»So ist der Lauf des Lebens«, sagte Gerry beim Abschied und klopfte seinem Freund auf die Schulter. In seinem Bett liegend dachte er noch einmal über den Abend nach. Es hatte sich angefühlt, als wären sie noch die Kinder, die sie vor vielen Jahren gewesen waren. Mit einem glücklichen Lächeln schlief er ein.

Gänseblümchen und ihre außergewöhnlichen Freunde

Viertausenddreihundert Kilometer südwärts liegt die wunderschöne Stadt Dresden. Nicht weit entfernt davon war sein Zuhause. In einem Dorf nahe Freiberg lebte das Mädchen, das mit allen Tieren und Pflanzen der Welt befreundet war. Gänseblümchen war ein kleines Kind, das anders war, als seine Altersgenossen, weil es sehr spät begann, mit ihrer Stimme zu sprechen, weil das Leben um sie herum zu laut war und sie sich vor dieser lärmenden Welt fürchtete. Zum Glück hatte sie ihre Freunde: die Tiere, die Bäume, den Fluss hinter ihrem Haus und ihr Spielzeug. Mit ihnen konnte sie sich unterhalten, auch wenn sie nur mit ihren Augen sprach.

»Halli, Hallo, Hallöchen!«, trällerte es durch den Garten. Es war Hansiki, der Star. Die wärmenden Sonnenstrahlen hatten den Jüngling schon zeitig aus seinem Bett getrieben. Es war gerade einmal sieben Uhr und der Tau auf der Wiese war noch nicht verschwunden. Doch das Leben im Grünen hinter Gänseblümchens Haus war bereits erwacht. Laurelia, die kokette Sauerkirsche trug ihre kleinen grünen Perlen wie einen Schmuck.

»Seht meinen Schatz«, prahlte sie und bewegte sanft ihre dünnen Zweige, um keine der Perlen abzuschütteln. »Es werden die prächtigsten Sauerkirschen werden, die es je gab. Ihr werdet sehen.«

Taulafi, die Linde, die in absehbarer Entfernung stand, verdrehte ihre Augen. Zur Birke Rialta neben ihr schimpfte sie: »Es ist jedes Jahr das Gleiche. Sie ist der Mittelpunkt der Welt und wir sind nur zierendes Beiwerk.« Die Birke streifte beruhigend mit ihren Zweigen die starken Äste der Linde. »Und wie in jedem Jahr bist du eifersüchtig auf sie.« Rialta hatte recht. Das wusste Taulafi. »Ich kann mich einfach nicht damit abfinden, dass ihr Leben einen viel größeren Sinn hat als meins.« Bei diesen Worten begann sie zu weinen. Gänseblümchen war gerade aufgestanden und auf die Terrasse gegangen, um die frische Luft einzuatmen, die am frühen Morgen besonders betörend war. Es roch nach Blumen, frischem Gras und süßem Honig. Die Sonne hatte die Terrasse noch nicht erreicht, sodass es angenehm kühl auf der Haut war. Sie liebte diese ersten Morgenstunden. Unvermeidlich war, dass sie das Gespräch zwischen den Bäumen mithörte. Taulafis Kummer machte sie traurig. Sie beschloss, noch vor dem Frühstück hinunter in den Garten zu gehen, um mit ihren Freunden zu sprechen.

Hansiki glitt im Tiefflug auf sie zu, wie er es immer tat, und Gänseblümchen duckte sich lachend. »Guten Morgen, Hansiki. Ich hoffe, du hast gut geschlafen.« Der Star machte eine Kehrtwende, um zu ihr zurückzufliegen und bekam die Kurve nicht recht. Mit einem dumpfen Ton krachte er in die Sauerkirsche. Laurelia begann zu schimpfen: »Pass doch auf, du tollpatschiger Vogel! Du reißt mir noch die ganzen Perlen vom Gewand!« Dabei zupfte sie sich zurecht, um jedoch im selben Augenblick besorgt zu fragen: »Hast du dir wehgetan?« Hansiki rappelte sich auf. »Nein, nein. Alles in Ordnung. Aber danke, dass du nachfragst.« Sich schelmisch umschauend fügte er hinzu: »Stürmischer Morgen heute.« Jetzt lachten die anderen Bäume. »Du hast auch immer eine Ausrede.« Schiwalu, die Blau-tanne, hatte alles mitbekommen. Sie kannte den kleinen Vogel schon sein ganzes Leben lang und wusste, dass er sein Herz am richtigen Fleck hatte. Wie auf ein Stichwort kam Kaschir auf samtigen Pfoten hinter dem Steingarten hervor gelaufen. »Es ist ja schon wieder richtig was los im Garten«, mauzte er, um sich unter einen Johannisbeerstrauch zu setzen und mit der Fellpflege zu beginnen. Diese Nacht war es besonders warm gewesen, sodass er nicht in der Scheune des Nachbarn schlief, sondern direkt am Fluss. »Hast du das Gas mit der Bremse verwechselt?«, wollte er wissen und lachte, sodass er das Gleichgewicht verlor und mit der Schnauze auf die Erde plumpste. Es tat ihm nicht weh, denn noch immer schüttelte sich sein dicker Bauch vor Lachen. »Lacht nur« ,erwiderte der Star, ohne seine gute Laune zu verlieren. Er kannte seine Freunde. Sie lachten ihn nicht aus, sondern sie amüsierten sich über sein fortwährendes Ungeschick. Es gehörte zu seiner Persönlichkeit wie die Flosse an einen Fisch.

Hansikis Gefieder war ein wenig zerzaust und Gänseblümchen lief zu ihm, um es für ihn zu ordnen. »Komm her, ich helfe dir.« Ihre kleinen Hände strichen sanft die Federn glatt, sodass sie schimmerten wie Sterne am Nachthimmel. »Jetzt bist du wieder schick«, lächelte sie sanft. Nachdem sich die Aufregung und das Gelächter im Garten gelegt hatten, flog der Star auf den Gartentisch und stolzierte darauf wie ein kleiner Hahn. »Wisst ihr, was ich heute erfahren habe?«, fragte er. Sogleich wurde es still um ihn herum. Die Freunde wussten, dass Hansiki immer die neuesten Nachrichten kannte. Er war sozusagen der Buschfunk und fühlte sich in dieser Rolle extrem wichtig. »Ich habe heute ein Schwätzchen mit Tilo gehalten.« Tilo war ein Amseljüngling, der beinahe täglich am Garten vorbeiflog und Gänseblümchen seine Aufwartung machte. Nicht ohne Eigennutz, selbstverständlich. Gänseblümchens Mutter legte auch in den Sommermonaten Kuchenkrümel und Sonnenblumenkerne in das Vogelhäuschen, um die Vogelschar zu verwöhnen. Gänseblümchen wusste aus dem Heimatkundeunterricht, dass Vögel in den Wintermonaten, wenn die Erde mit Eis und Schnee bedeckt war, kein Futter finden konnten und ein mit frischen Körnern und Meisenknödel einladendes Vogelhäuschen den gefiederten Freunden gerade recht kam. »Ein wenig Nascherei kann den Vögeln nicht schaden«, hatte ihre Mutter gesagt und dabei die Kuchenränder zerkleinert und in das Häuschen gestreut.

Heute war es noch zu zeitig für Tilos Besuch. Eine sehr gute Gelegenheit für Hansiki, den Tratsch des Dorfes zu verbreiten. »Eine von Tilos Tanten, die in Freital lebt, kam zu Besuch nach Grillenburg, um die Geburt der Vierlinge ihrer Nichte Griselde zu feiern. Sie erzählte, dass es in Freitals Gärten eine Invasion gegeben hat.« »Eine Invasion?«, wollte Laurelia wissen. »Was ist das?«, fragte Kaschir, der dieses Wort noch nie in seinem Leben gehört hatte. Auch Gänseblümchen hatte keine Idee, was es bedeutete. Taulafi beugte sich etwas nach vorn. Neben Schiwalu, der Blautanne, war sie die älteste Bewohnerin des Gartens und hatte darum schon viel gesehen und viel gehört. »Eine Invasion ist die feindliche Besetzung eines Gebietes.« Dem Star zugewandt sprach sie weiter: »Aber ich denke, dass Hansiki es falsch verstanden hat. Wer sollte Interesse an einem Überfall haben?« Hansiki machte eine Bewegung, die einem Schulterzucken glich. »Fragt mich etwas Leichteres. Ich sage euch nur, was ich gehört habe.« Jetzt fiel die Forsythie Santille ihm ins Wort. Sie hatte die ganze Zeit nur stumm gelauscht, weil sie oft einfach nicht in der Stimmung war, überhaupt mit jemandem zu sprechen. »Papperlapapp!«, rief sie. »Wie kannst du Nachrichten verbreiten, die du selbst nicht verstanden hast?«, wollte sie wissen. Jetzt mischte sich auch Gänseblümchen ein. »Hansiki, zu einem guten Buschfunk gehört, dass die Neuigkeiten wahr sind. Du musst dir darüber im Klaren sein, dass du eine große Verantwortung hast. Denn die Leute vertrauen dir.« Das leuchtete dem Vogel ein. Er setzte sich auf die Kante des Tischs und ließ seine Beine baumeln. »Es tut mir leid.«

Kaschir kam unter dem Johannisbeerstrauch hervor. »Nun sag schon, was du gehört hast. Es muss ja einen Grund geben, warum man in manchen Kreisen von einer Invasion spricht.« »Ja, erzähl jetzt weiter«, bat ihn auch Laurelia. »Wir beraten gemeinsam, wie wir mit dieser Information umgehen wollen.« Alle stimmten zu und Hansiki fuhr mit seinem Bericht fort. »Die Tante aus Freital meinte, dass es in den Gärten unzählige Marienkäfer gibt. Sie sitzen dort auf allen Sträuchern und Bäumen auf der Suche nach den Blattläusen und Spinnmilben, die sie so sehr lieben. Aber es sind so viele Marienkäfer, sodass sie nichts Essbares mehr finden.« »Gut für die Gärten!«, rief die Birke Rialta. »Ich höre oft von den Rosensträuchern, wie sehr die Blattläuse sie quälen. Sie sagen, dass es juckt und brennt.« Gänseblümchen erinnerte sich. »Meine Mutter wollte keine chemischen Mittel benutzen. Darum hat sie Lauge aus Kernseife auf die Rosen gesprüht.« Rialta rümpfte die Nase. »Da sind mir Marienkäfer aber lieber.«

Gänseblümchen setzte sich auf die Bank neben dem Tisch, auf dem Hansiki noch immer hockte und mit den Beinen baumelte. »Dann wäre es doch schön, wenn wir einige der Marienkäfer in unseren Garten einladen könnten«, dachte sie laut. Laurelia, die auch so manche Blattlaus an ihren Zweigen spürte, frohlockte: »Das wäre doch herrlich! Neue Bewohner in unserem Garten, die noch mehr Farbe hierherbrächten.« Hansiki bat um Gehör. »Ich war noch nicht ganz fertig. Die Marienkäfer haben Hunger und knabbern jetzt alles an, um herauszufinden, ob es essbar ist. Sie beißen sogar die Menschen.« Taulafi schüttelte ungläubig ihre Krone. »Ich habe noch nie gehört, dass Marienkäfer beißen.«

Muffi, Gänseblümchens Plüschhund, saß geduldig auf dem Campingstuhl oben auf der Terrasse. »Hallo!«, rief er. Die Freunde auf der Wiese schauten sich zuerst um und dann einander an. »Wer ist das?«, fragte Kaschir. Gänseblümchen lachte. »Oh, das ist Muffi. Ich habe ihn auf der Terrasse gelassen, weil ich eigentlich nur kurz mit Taulafi sprechen wollte.« Alle Blicke waren nun auf den kleinen Plüschhund gerichtet. »Guten Morgen, Muffi. Entschuldige, dass wir dich nicht gleich entdeckt haben«, entgegnete Rialta. Jetzt, da Muffi alle Aufmerksamkeit hatte, sagte er: »Es wäre interessant zu wissen, weshalb die Freitaler Vögel von einer Invasion sprechen. Wenn es wirklich so viele Marienkäfer sind, dann hat das bestimmt einen unerfreulichen Grund. Nicht für uns unerfreulich, sondern für die Marienkäfer.« Das leuchtete ein. »Wenn sie hungrig sind, sollten wir überlegen, ob wir ihnen helfen können«, schlug Laurelia vor. Taulafi pflichtete ihr bei. »Wir könnten versuchen, sie dazu zu bewegen, sich auf mehrere Orte zu verteilen. Dann sind es nicht zu viele in den Grünanlagen in Freital und sie haben genug zu essen.« Es hatte etwas von einem Festtag, was nun über dem Garten lag. Ein jeder der Freunde freute sich und sie überlegten, wie sie die Marienkäfer überreden konnten.

Gänseblümchen hatte einen Einfall. Erst vor kurzem hatten sie in der Vorschule über die Nützlichkeit mancher Insekten im Garten gesprochen. Sie wusste daher, dass Marienkäfer dort gern gesehene Bewohner waren. Es musste nur darauf geachtet werden, dass sie ungestört ihre Larven ablegen konnten, ohne dass Ameisen, die Feinde der Marienkäfer, ihnen etwas zuleide tun konnten. Außerdem war es hilfreich, nach den Schlupfwespen Ausschau zu halten und sie zu bitten, die Larven der Marienkäfer zu schützen. Schlupfwespen sind der natürliche Feind der Marienkäfer-Brackwespe. »Morgen werde ich meine Brüder, Mathies und Pinko, bitten, mit mir ein Insektenhotel für sie zu bauen. Dann haben unsere neuen Gäste ein schönes Zuhause«, sagte sie und es schien, als wäre der Höhepunkt der herrlichen Party noch nicht erreicht. Kaschir, der sonst eigentlich eher majestätisch umherstolzierte, lag auf dem Rücken mit einem Grashalm im Mund und träumte. »Ein echtes Hotel in unserem Garten. Das muss einem erst mal einer nachmachen.« Gänseblümchen und ihre Freunde lachten. »Was ist ein Insektenhotel?«, wollte Hansiki wissen. Er hatte noch nie davon gehört, dass die kleinen Tierchen in einem Hotel wohnten.

Gänseblümchen lief ins Haus und kam wenige Minuten später mit einem Bilderbuch zurück. Auf dem Gartentisch blätterte sie zu Seite siebzehn und zeigte es den Freunden. »Hier könnt ihr eines erkennen. Es wird aus Holz gebaut und kann aussehen wie ein richtiges Haus. Aber es hat verschiedene Gefache, das sind so kleine Fächer, die man mit Holzwolle, Stroh, Schilfrohr, Bambusstäben, Reisig, Torf und Lehm befüllen kann. Auch durchlöcherte Backsteine kann man benutzen. Davor befestigt man ein Metallgitter, damit die Vögel sich nicht die Larven holen können.« »Ist ja klar. Immer die bösen Vögel«, brummte Hansiki. Schiwalu versuchte, ihn aufzumuntern. »Ach komm, sei nicht beleidigt. Deinen Starenkasten hat Gänseblümchens Vater doch auch ganz weit oben in die Weide gehängt, damit es die Katzen noch schwerer haben, dranzukommen.« Santille reckte sich, um auch in das Buch schauen zu können, und stöhnte angestrengt: »Und solltest du einmal eine Familie gründen, sind deine Eier sicher vor diesen Nesträubern.« »Miau?«, mauzte es unter dem Tisch. »Da Kaschir keine natürlichen Feinde im Garten hat, können wir das Thema jetzt beenden, oder?« Laurelia konnte nicht verstehen, wie man ständig über alles und jeden schimpfen oder wegen jeder Kleinigkeit beleidigt sein konnte. Sie wirbelte ihre dünnen Ärmchen graziös durch die Luft und war von sich selbst verzaubert. Kaschir war zu träge, um weiter über den Sinn oder Unsinn seines knappen Einwandes zu diskutieren. »Das Leben ist zu kurz und die Sonne ist zu warm«, sinnierte er und schloss dabei die Augen.

Schiwalu wechselte das Thema. »Wir bereiten den Marienkäfern einen herzlichen Empfang, sodass sie sich vom ersten Augenblick an zu Hause fühlen können.« Die Worte der Blautanne klangen feierlich und für einen Moment verstummte jeglicher Laut im Garten. Mit Freude im Herzen flog Hansiki zu Tilo. Gemeinsam würden sie sich auf die Reise durch die Luft nach Freital begeben, um den Anführern der Marienkäfer den Weg zu den Stellen rund um den Ort zu zeigen. »Es wäre so schön, wenn die Mutschekiepchen unsere Einladung annehmen würden«, sagte Taulafi und verspürte

Leichtigkeit und Frohmut in sich. »Was ist denn ein Mutschekiepchen?«, wollte Gänseblümchen wissen. Das Wort hatte sie vorher noch nie gehört. Taulafi begann, laut zu lachen, sodass ihre dicken Äste zu knarren begannen wie die E-Saite eines Kontrabasses. »Besonders ältere Menschen in Sachsen und Thüringen nennen den Marienkäfer Mutschekiepchen«, erklärte sie. Vergessen war das nagende Gefühl der Eifersucht, dass sie noch vor einer Stunde verspürt hatte, als Laurelia sich in ihrem Glanz sonnte. Gänseblümchen ging zu ihr hinüber und umarmte den dicken Stamm ihrer Freundin. »Ich kam in den Garten herunter, um dich zu trösten. Jetzt hast du das irgendwie selbst gemacht.« Alle begannen zu lachen.

Schiwalu beugte sich weit nach vorn, um mit ihrer Spitze das Blätterkleid der Linde zu berühren. Mit ihrer tiefen Stimme, die an ein Cello erinnerte, lobte sie Taulafi. »Du bist wunderbar herzlich und sehr weise. Ich bin stolz, mit dir in einem Garten zu sein.« Jetzt schüttelte Taulafi ihre Zweige vor Entzücken und ein süßer Duft strömte aus ihren Blüten. Gänseblümchen atmete tief ein. »Auch wenn deine Früchte nicht essbar sind, so sind deine Blüten eine wunderbare Köstlichkeit als Lindenblütentee.« Taulafi fühlte sich glücklich und ausgesöhnt. Sie wusste, dass Gänseblümchens Mutter oft in den Garten kam, um ihre Blüten zu pflücken und damit einen köstlichen Tee zuzubereiten. Aber eines wusste sie nicht, nämlich dass Gänseblümchens Mama auch die Blüten trocknete, und dass sie dieses Jahr beginnen würde, regelmäßig ein Päckchen an den Nordpol zu senden. Einige wenige Tage später erfüllte ein leises Summen die Wiese hinterm Haus. Gänseblümchen eilte auf die Terrasse. Und tatsächlich, da waren sie, die kleinen Käfer mit den roten schimmernden Rücken und den schwarzen Punkten darauf. Sie lief durch das Wohnzimmer ins Treppenhaus und sauste hinab wie der Wind. »Vorsicht, mein Kind. Dass du mir nicht die Stufen hinunterfällst!«, rief ihr die Mutter nach. Sie hatte gerade den Hefeteig in die Form gegeben und zum Gehen auf den Küchentisch gestellt. Schon jetzt zog der süße Duft hinaus in den Garten und die Mücken und Brummer versammelten sich am Fliegengitter in der Hoffnung, doch einen winzig kleinen Durchschlupf zu finden.

Die Hintertür flog auf und sogleich stand Gänseblümchen auf der Wiese, die von den gelben Ringelblumen und Löwenzahn wie ein Meer aus Sonnenstrahlen aussah. Und überall dazwischen saßen die kleinen Neuankömmlinge mit ihren schillernden Flügeln. Sie hörte ein leises Summen und berauschte sich an diesem feinen Klang. Ein niedlicher Siebenpunkt setzte sich auf ihre Hand. »Hallo, du kleiner Marienkäfer«, rief sie entzückt und begann zu lachen, als sie sein erstauntes Gesicht sah. »Wie kommt es, dass ich dich verstehe?«, wollte er wissen und schob seine Mini-Sonnenbrille auf die Stirn. Gänseblümchen setzte sich behutsam auf die Wiese, um keinen der kleinen Flieger zu verletzen. »Ich weiß es auch nicht. Es ist einfach so«, antwortete sie und er bemerkte, dass sie ihre Lippen nicht bewegte. »Sie spricht mit ihren Augen«, vernahmen die beiden ein Summsang, das immer näherkam.

Es war Heiliam, die Hummel. »Was habe ich denn da gehört?«, surrte er und Gänseblümchen merkte ihm sein Vergnügen an. »Sind sie endlich eingetroffen?« Es war eine rhetorische Frage, denn er schaute sich um und konnte die Fröhlichkeit der Marienkäfer sehen. »Hui, da sind ja ganze Kindergarten-gruppen«, frohlockte er. »Denkst du, dass sie einen erfahrenen Einheimischen brauchen, der ihnen die Gegend zeigt und ihnen erklärt?« »Das ist eine wundervolle Idee!«, jauchzte der Marienkäfer, der noch immer auf Gänseblümchens Hand saß und dem Gespräch zugehört hatte. »Du könntest die Patenschaft für unseren Kinder-garten übernehmen.« Heiliam bemerkte erst jetzt, dass er sich einfach so in ein Gespräch gedrängt hatte. »Oh, Entschuldi-gung. Ich wollte euch nicht unterbrechen oder stören«, bat er etwas verlegen. »Ist schon gut, Alter. Du hast es nicht böse gemeint«, entgegnete der Marienkäfer in einer kindlich frischen Art, die Gänseblümchen an ihre beiden Brüder erinnerte, die bereits ihre Jugendweihe hinter sich hatten. »Ich bin übrigens Jonathan«, sagte er freundlich und reichte der Hummel die Hand. »Heiliam, angenehm«, erwiderte diese sich räuspernd. Noch nie zuvor hatte ihm ein Flügelträger die Hand gereicht. »Zu viel Nähe«, dachte er bei sich, »und zu gefühlsduselig. Ich muss dann mal wieder. Wegen der Patenschaft reden wir morgen. Sie ju läter, Aligäter!«, rief er im Abflug.

»Was war das denn?«, wollte Jonathan wissen. Gänseblümchen schüttelte den Kopf. »Ich habe keine Ahnung.« Unter dem Tisch meldete sich die sanfte Stimme des Katers Kaschir. »Wusstest du nicht, dass unser Heiliam total schüchtern ist?« Seinem Lachen folgte ein lautes Schnurren. Gänseblümchen dachte kurz darüber nach. Eigentlich hatte Heiliam nie zurückhaltend gewirkt. Im Gegenteil: Er war lustig und laut und wusste so viele witzige Geschichten, die er beinahe täglich zum Besten gab. »Aber nun möchte ich gern mehr von dir erfahren«, wandte sie sich an Jonathan, während sie ihre Hand hob und den Käfer dicht vor ihr Gesicht hielt. Sie konnte seine schönen Augen erkennen und selbst die kleinsten Sommersprossen, die auf seiner Nase tanzten. Er war so niedlich. »Erzähle mir von dir«, bat sie ihn mit einem Augenaufschlag. »Woher kommst du?« Jonathan setzte sich auf den kleinen

Hügel, der sich unterhalb des Zeigefingers von Gänseblümchen abzeichnete.

»Ich weiß gar nicht so richtig, wo ich anfangen soll«, begann er und kratzte sich am Kopf. »Am besten, du beginnst ganz von vorn «, versuchte sie, Jonathan zu ermutigen. Der kleine Marienkäfer schob seine Sonnen-brille, die noch immer auf seiner Stirn saß, zurück auf seine Nase. Die Sonne blendete ihn gar zu sehr. »Wir, das heißt meine Familie und ich, kommen aus Kölpinsee, einem kleinen Ostsee-Badeort.« Gänseblümchen begann zu lachen. »Ja, das kenne ich. Ich bin dort mit meinen Eltern im Hotel ›Seerose‹ gewesen.« In ihrem Überschwang bemerkte das Mädchen erst jetzt, dass Jonathan sie streng anschaute. »Soll ich dir nun von mir erzählen oder nicht?«, säuselte er. Gänseblümchen entschuldigte sich. »Verzeihung, ich werde jetzt ganz still sein«, versprach sie und Jonathan fuhr fort: »Wir lebten dort in einem beschaulichen Wäldchen direkt an den Steilhängen, die zum Strand führten. Doch eines Tages kamen sie.«

Er machte eine lange Pause, so als erwartete er ihre Frage: »Wer?« Doch Gänseblümchen blieb geduldig stumm. Kein Mucks kam über ihre Augen oder ihre Lippen. Sie wollte ihn nicht wieder verärgern. Jonathan hob seine Sonnenbrille, sodass er darunter hervorlugen konnte, beugte sich nach vorn und schaute ihr in die Augen. »Möchtest du gar nicht wissen, wer gekommen ist?« »Ja, wer?«, kam es über ihre Lippen. Beide begannen zu lachen. »Ich wollte es spannend machen. Aber nun hast du es verdorben«, beschwerte er sich jetzt doch. »Okay, lass mich deine sehr kluge Frage beantworten: die asiatischen Marienkäfer. Man nennt sie auch die Harlekin-Marienkäfer, wissenschaftlich *Harmonia axyridis*. Sie sind größer als wir Siebenpunkt-Marienkäfer und vertilgen fünfmal mehr Blattläuse am Tag als wir.«

»Aha, jetzt verstehe ich. Ihr Siebenpunkt-Marienkäfer habt euer Zuhause verlassen, um woanders mehr Essen zu finden. Aber warum seid ihr alle auf einmal in Freital angekommen? Platz ist doch überall.« Jonathan zuckte mit den Schultern. »Ich glaube, es war der süße Duft in einem warmen Windhauch, der uns packte und mit sich zog. Wir sind diesem Geruch einfach nur gefolgt. Auf unseren Langstreckenflügen sind wir auf den Wind angewiesen. Er trägt uns, übernimmt aber auch das Steuer und wir können uns nur überraschen lassen, wo wir landen. In Freital angekommen, waren wir hungrig und erschöpft. Keiner hatte den Mut oder die Kraft weiterzufliegen, weil niemand wusste, wohin es ihn führen würde. Es konnte überall so sein wie in Freital. Und der Wind war ohne uns weitergezogen.«

Gänseblümchen nahm ihren Finger und streichelte sanft über Jonathans Rücken. »Es ist gut, dass ihr jetzt hier seid. Herzlich willkommen.« Unterdessen hatte auch Taulafi zu den um sie herum versammelten Marienkäfern gesprochen: »Unter mir könnt ihr euer neues Zuhause sehen. Es ist ein Haus, in dem ihr eure Larven zur Welt bringen und sie in Sicherheit wiegen könnt, bis sie das Heim verlassen und für sich selbst sorgen können. Niemand hier im Garten wird euch Leid zufügen, da wir alle Freunde sind und wie eine Familie zusammenleben.« Die Marienkäfer blickten sich um und sahen Hansiki, Tilo, Kaschir und Heiliam, den die Neugier wieder zurückgeführt hatte.

Etwas abseits, direkt vor dem Haus winkte Laurelia ihnen zu. »Huhuuuu! Herzlich willkommen auch von mir!«, flötete sie mit ihrer Stimme und winkte mit ihren dünnen Ärmchen. Schiwalu beugte sich weit nach vorn: »Herzlich willkommen, Freunde«, sagte die Blautanne und ein Hauch von Harz wehte zu ihnen hinüber. »Willkommen in unserem schönen Garten!«, riefen jetzt auch die Forsythie, Santille, und die Birke, Rialta. Die Marienkäfer waren beeindruckt. Auf so einen warmen Empfang waren sie nicht vorbereitet gewesen. Nicht in ihren kühnsten Träumen hätten sie sich ausgemalt, eine solche Herzlichkeit zu erfahren. Sie waren weit gereist und nun endlich in ihrem neuen Zuhause angekommen.

Die Büroleiterin am Nordpol

»Alva!«, tönte eine laute Stimme durch die Hallen der Manufaktur. »Alva!«, hallte es nach. Das Echo machte sich oft den Spaß, wenn es Langeweile verspürte und zum Scherzen aufgelegt war. Die Natur am Nordpol hatte wenig Raum für Widerklang. Der weiche, weiße Schnee lag wie eine Decke auf den Bäumen, Bergen, Wiesen und Häusern und dämpfte jeden Laut. Wenn ein Ruf im Tal ertönte, verlor er sich in der Ferne. Keine Schallwelle brachte ihn zurück. Darum hatte sich das Echo in den großen Hallen der Manufaktur ein Zuhause geschaffen. Es war eine Freude, die Geräusche zum Klingen zu bringen, als wären sie ein Orchester. Laute und leise Widerhalle, mal sanft wie Glöckchen, mal gruselig wie das Knarren einer alten Tür. Das Echo liebte es.

Alva kam herbeigeeilt. Sie war eine ältere Frau mit einer runden Nickelbrille auf der kleinen Stupsnase. Seitdem Thore vor mehr als dreißig Jahren in Rente gegangen war, war sie die stellvertretende Büroleiterin im Vorzimmer des Weihnachtsmanns. Ihr erinnert euch, dass sie als junge Bürokauffrau für die Bearbeitung der Auftragsbestätigungen und Lieferscheine zuständig gewesen war. Gregor, der Büroleiter, wurde vor wenigen Tagen in den Ruhestand versetzt und seine Stellvertreterin zur neuen Büroleiterin befördert.

Alva klopfte an die Tür, an der »Office« stand, bevor sie eintrat. Es war nicht üblich, auf ein »Herein« zu warten. »Alva, ich möchte, dass du mir einen Gefallen tust«, wandte sich der Weihnachtsmann mit einem Schubs, der den Sessel in ihre Richtung drehte, an sie. Genauso schwungvoll und galant drehte er sich zurück gen Schreibtisch und kramte in Papierstapeln und allerhand technischem Gerät, bis er das Tablet von Gregor fand. Es war wie üblich nicht die aktuellste Version, oder, wie man landläufig sagte, entsprach es nicht dem neuesten Stand der Technik. Aber es war funktionsfähig und erfüllte seinen Zweck. »Ich habe eine besondere Aufgabe für dich. Letztes Jahr war ich bei Gänseblümchen. Sicher erinnerst du dich an sie.« Alva nickte. Sie hatte Gregor bei den Recherchen geholfen und wusste, dass dieses Mädchen ein ganz besonderes Kind war, weil es eine Empfindsamkeit besaß, die viele Menschen nicht verstehen konnten. Leider brachte dieses Anderssein jede Menge Herausforderungen mit sich. Nicht nur Erwachsene blickten mitleidig auf sie, weil sie glaubten, das Kind sei zurückgeblieben. Gleichaltrige behandelten sie oft herzlos und gaben ihr den Namen »Dummelinchen«. Gänseblümchen litt sehr darunter und fand Trost bei ihrer Mutter, die ihr Kind über die Maßen lieb-hatte, und bei ihren Freunden, die im Garten wohnten oder in ihrem Kinderzimmer. Ihnen konnte sie sich anvertrauen.

Der Weihnachtsmann hatte gerade ein Telefonat entgegengenommen. Als er den Hörer aufgelegt hatte, wandte er sich wieder seiner Büroleiterin zu. »Im Sommer sind viele Marienkäfer in Gänseblümchens Garten eingezogen. Ich habe davon gehört, dass große Schwärme in Europa unter-wegs waren, weil die Harmonias, auch Harlekin-Marienkäfer genannt, sich weltweit ausbreiteten und den einheimischen Siebenpunkt Marienkäfer die Lebensgrundlage entzogen. Bitte finde heraus, wie es den Neuankömmlingen geht und ob die Situation immer noch so angespannt ist. Denn dann sollten wir überlegen, ob wir in unser Sortiment auch *Insektenhotels* mit aufnehmen. Verwende dieses Tablet zur Recherche. Im Nordpol-Wiki und in der Datenbank unseres Nordpol-Servers findest du sicher auch einige nützliche Informationen. Unsere Wissensmanager sind angehalten, weltoffen zu sein und wichtiges Know-how für Weihnachts-stadt in unserem Online-Lexikon zu sammeln.«

Alva nahm das Gerät an sich, erhielt dazu das Netzkabel, eine Maus und Kopfhörer, um ungestört arbeiten zu können, und zog sich in ihr Vorzimmer zurück. »Klein, aber mein«, flüsterte sie, genauso, wie es Gregor vor ihr getan hatte. Ein Fensterchen ließ den Blick in den abendblauen Himmel gleiten, an dem bereits Milliarden silberne Sterne glänzten. »Jeder Stern gehört zu einem Menschenkind und mit jeder Geburt fügt sich ein weitere dort oben ein«, hatte ihr Gregor vor langer Zeit einmal erzählt. Diese Freude, die sein Herz bei jedem neuen Schimmer erfüllte, und die Traurigkeit, die ihn übermannte, wenn das Licht eines Sternes ganz plötzlich erlosch, hatten auch ihr Herz erobert. Es war, als habe er es als sein Vermächtnis an sie weitergegeben.

Alva legte das Tablet auf den kleinen Tisch unmittelbar unter dem Fensterchen und blickte suchend hinauf. Da! Der Mond neigte seinen Kopf freundlich zur Seite und deutete auf den Stern neben ihm. Dieser war der hellste am Firmament. »Könnte er zu Gänseblümchen gehören«? Die Antwort schuldig bleibend verschwand der Mond hinter einer kleinen dunklen Wolke, wie er es immer tat. Es gehörte einfach zu ihm und zu seiner Persönlichkeit und Alva respektierte seine Natur. Sie setzte sich an ihren kleinen Schreibtisch, um mit der Internetsuche zu beginnen. Ihr Computer, dessen Arbeitsfrequenz für die Recherchen zu langsam war, schlummerte altersschwach vor sich hin, als es laut Pling machte. Eine Stimme aus dem Tablet informierte: »Sie haben eine E-Mail«. Alva öffnete das elektronische Postfach. Dreitausendachthundertdreiundzwanzig neue Nachrichten waren eingetroffen. Dreitausendachthundertdreiundzwanzig Wunschzettel aus der ganzen Welt.

Der E-Mail-Server des Nordpols hatte seine Kapazitäten aber noch lange nicht ausgeschöpft. Noch vor einem Jahr hatte Gregor gestöhnt: »Wer soll diese Nachrichtenflut noch bewältigen?« Mit organisatorischen Veränderungen im Büro der Wunschzettelbearbeitung konnte dieses Problem schnell gelöst werden. Die IT-Spezialisten der Manufaktur entwickelten Computerprogramme, die eine Vorsortierung und Kategorisierung der Wunschlisten vornahmen. In einem speziell da-für geschaffenen Dokumentenmanagementsystem wurden die Wunschzettel abgelegt und konnten nun schneller bearbeitet werden. Der Weihnachtsmann hasste jedoch die elektronische Post und trauerte der guten alten Zeit hinterher, als die Wünsche der Kinder aus aller Welt noch mit der Himmelspost bei ihm eingetroffen waren. Aber die Erdbevölkerung wuchs und bald war es nicht mehr möglich, die Briefe rechtzeitig zu öffnen und den Kindern ihre Träume zu verwirklichen. Es kam vor, dass Kinder erst an Weihnachten ein Jahr später ihren Weihnachtswunsch erfüllt bekamen. Das war oft nicht tragisch, aber unprofessionell.

So musste sich der Weihnachtsmann wohl oder übel dem technischen Fortschritt beugen. Wenn ihn jedoch ein Kind etwas mehr interessierte, weil es ein besonders gutes Herz hatte, ließ er sich den Wunschzettel ausdrucken und in eine spezielle Postmappe legen. Gut, dass die E-Mails so gedruckt werden konnten, wie die Kinder sie angefertigt hatten. Viele malten mit Filzstiften oder Wasserfarben. Einige bastelten Bilder aus bunten Papierschnipseln. Stets freute sich der Weihnachtsmann über die Kreativität, Sorgfalt und Hingabe, mit der die Kleinen ihre Wünsche zu Papier brachten. Es gab keinen einzigen Wunschzettel, der in irgendeiner Weise misslungen war. Alle waren wunderschön und ausdrucks-voll. Der Alte lächelte oft in seinen weißen Bart. Erwachsene neigten dazu, die jungen Menschen in zwei Kategorien einzuteilen: in »liebe Kinder« und »böse Kinder«. »Du meine Güte! Was denken sie sich nur dabei?«, hatte er Gregor früher oft gefragt. »Sie stecken den vermeintlich unartigen Kindern Kohlen in die Schuhe oder drohen mit der Rute, einem Bund aus Reisig, um sie damit zu verhauen.« Der Weihnachtsmann und seine Elfen und Wichtel liebten jedes einzelne Kind auf dieser Welt, nicht nur die »lieben«. Die nicht so braven Kinder waren keine Bösewichte. Sie waren oft aufgeweckter, aufmerksamer, kreativer.

Alva hatte die E-Mails nicht geöffnet, sondern war über den Nordpol-Browser ins Nordpol-Wiki gelangt. Dort fand sie auch alle Informationen über die Siebenpunkt-Marienkäfer in Gänse-blümchens Garten. Allen ging es offenbar gut. Das

Insektenhotel schützte deren Larven vor ungebetenen Räubern. Jedoch gab es zu wenige von diesen Schutzräumen, die nicht nur den Marienkäfern, sondern vielen anderen Nützlingen im Garten ein Zuhause sein konnten. Mit dieser Erkenntnis klopfte sie an die Tür ihres Bosses. »Wir sollten die Insektenhotels in unser Sortiment aufnehmen«, resümierte sie und der Weihnachtsmann nickte dankend und stellte sich an, seinen Chefdesigner anzurufen. Eile war geboten, denn Weihnachten war nicht mehr fern.

Fröhliche Weihnachtszeit

Die Vorbereitungen in Weihnachtsstadt waren in vollem Gange. Vor der Auslieferung der Geschenke an alle Kinder in der Welt sollte wie jedes Jahr die große Feier stattfinden, die alle Einwohner miteinander zelebrierten. Die Frauen buken, kochten und schmückten den großen Saal, der sich gleich neben der Manufaktur befand. Ein großer Kessel war von den stärksten Männern der Stadt auf die Herdplatte gestellt worden, die sich ebenerdig im Hof vor dem Festsaal befand. Unter der gusseisernen Platte war ein großer, mit Holz und Kohle gefüllter Hohlraum mit seitlichen Abzügen, die den heißen Rauch abzuleiten hatten. Im Saal mündeten diese in vier, mit Keramik ummantelte Schornsteine.

Sobald Holz und Kohle in den Hohlraum unter der Eisenplatte zu glühen begannen und die Kürbiscremesuppe im Kessel zum Brodeln brachten, verwandelte sich der große kalte Saal in eine wohlig warme, gemütliche Gaststube, in der viele Tische und Stühle standen, geschmückt mit Reisig, Kerzen und allerlei Köstlichkeiten: Plätzchen, Pfefferkuchen, Bratäpfel, mit Zucker überzogene Äpfel, getrocknete Feigen, Datteln, Apfelringe und eine Vielzahl an Nüssen. Die von den Kindern gebastelten Sterne, Glocken, Figuren aus Salzteig hingen auf Garn gefädelt überall herab. Die Männer befestigten die Girlanden an den Bäumen am Wegesrand und schlossen die Festbeleuchtung an die Stromgeneratoren an. Es duftete verführerisch nach Zimt und heißem Himbeerpunsch.

Inmitten dieser Geschäftigkeit klopfte der Weihnachtsmann an Gerrys Haustür. »Guten Abend, mein Freund«, begrüßte der alte Mann mit dem weißen Bart den Lehrer, der flux in seine Filzpantoffel gesprungen war und dabei gar nicht bemerkt hatte, dass er sie verkehrtherum trug. Der Weihnachtsmann blickte an ihm hinab und lachte. »Das passiert mir auch immer wieder«, gluckste er und hielt sich seinen dicken Bauch. »Besonders, wenn ich am Kamin ein Nickerchen halte und jemand ungebeten an der Tür klopft.« Gerry bat den Gast herein und schüttelte dabei den Kopf. »Nein, nein, Weihnachtsmann. Ich kann mit Fug und Recht behaupten, dass ein Gast an meiner Tür noch nie ein ungebetener Besucher war. Ein jeder ist mir willkommen.« Er zeigte auf den Sessel, der nahe am Kamin stand, und rückte sich den Stuhl näher heran. Der Weihnachtsmann setzte sich. »Was führt dich zu mir so kurz vor unserer Weihnachtsfeier?«, wollte Gerry wissen. Die Neugier stand dem Marienkäfer ins Gesicht geschrieben. Beinahe hätte er vergessen, seinem Gast einen Tee anzubieten. Er vertauschte seine Pantoffel, sodass der rechte auch am rechten Fuß sein durfte, und lief eilig in die Küche. »Ich habe Lindenblütentee gekocht.«

Lächelnd kehrte er mit dem Servier-tablett zurück, auf dem die Kanne, zwei Tassen und Honig standen. »Als hättest du gewusst, dass ich kommen würde«, schmunzelte der Weihnachtsmann. Er liebte Lindenblütentee. »Woher hast du den Tee?«, wollte er wissen, denn in den Läden in Weihnachtsstadt gab es seinen Lieblingstee nicht zu kaufen. Gerry goss ihm eine Tasse ein. »Ich bekomme hin und wieder ein Päckchen mit UPS, das mir Gänseblümchens Mutter schickt. Sie hat eine Linde in ihrem Garten. Taulafi. Jedes Jahr ist sie über und über mit Linden-blüten geschmückt. Diese werden gepflügt und sanft in der Sonne getrocknet. Der Weihnachtsmann war entzückt. »Wie kommt es, dass ihr Kontakt zueinander habt?«, fragte er weiter. Gerry lehnte sich zurück, schlug seine Beine übereinander und lächelte. »Im Sommer sind meine Verwandten, Cousinen und Cousins väterlicherseits in Gänseblümchens Garten umgezogen. Sie hat ein Tablet, mit dem sie über WLAN skypen kann. Wir haben in unserer Schule ein Computer-Kabinett. Oft sitze ich über meinen Unterrichts-vorbereitungen und habe auch einen Social-Media-Account. Auf diesem Weg habe ich Gänseblümchen ausfindig gemacht und sie zu meiner Freundesliste hinzugefügt. Auf diese Art kann ich oft mit meinen Verwandten video-telefonieren.

Eines Tages wollte ich einen Internetanruf machen und schaute in das Gesicht einer Frau. Es war Gänseblümchens Mutter. Sie erzählte mir, dass die Marienkäfer in den Herbststürmen ihre Winterquartiere aufsuchten und bis zum Frühling versteckt blieben. So kamen wir ins Gespräch. Mein Vater hatte früher so sehr von deinem Lindenblütentee geschwärmt, dass ich sie danach fragte. Sie hat mir sofort ein Päckchen geschickt.« Der Weihnachts-mann freute sich über diese Fügung. Denn genau über dieses Thema wollte er mit Gerry sprechen. Er rührte ein Löffelchen Honig in seinen Tee und schlürfte genüsslich. »Nichts geht über einen Lindenblütentee«, murmelte er und schloss die Augen. Nach einer kurzen Zeit des Schweigens sagte er: »Genau über die Marienkäfer wollte ich mit dir sprechen. Alva, meine Büroleiterin hat sich im Internet schlau gemacht und herausgefunden, dass Gänseblümchen und ihre Freunde sich mit Herz und Nächstenliebe um die Marienkäfer gekümmert haben, die aufgrund widriger Um-stände ihre Heimat verloren hatten. Das hat mich an dich und deine Familie erinnert. Hättest du nicht Lust, das Mädchen zu treffen?« Gerry sah den Weihnachtsmann mit großen Augen an. »Das wäre wirklich wunderbar. Und ich könnte mich auch persönlich bei

Gänseblümchens Mutter bedanken.« Sein kleines Herz hüpfte auf und ab, als wäre er noch ein Jüngling und nicht ein alter Mann. Ein tiefes Lachen erfüllte Gerrys Haus und es schien, als ob selbst die Fenster-läden klappernd in dieses Lachen einstimmen wollten.

Der Weihnachtsmann erhob sich und mit seiner klangvollen Stimme sagte er laut: »Gut, dann hole ich dich heute Abend zwei Stunden vor dem Fest hier ab. Wir sollten so pünktlich zur Weihnachtsfeier wieder zurück sein. Zieh dich warm an.«

Der Winter hatte sich über das Dorf gelegt. Dicke Schneeflocken tanzten schon seit Tagen am Himmel und verwandelten die Straßen und Plätze in ganz Sachsen in ein bepudertes Wintermärchen. Jedes Geräusch wurde zu einem gedämpften Laut. Es schien, als ob die Natur sich zur Ruhe gelegt hatte und nur der Schnee sorgte dafür, dass diese Ruhe nicht gestört wurde.

Gänseblümchen liebte es, am Fenster zu sitzen und der Choreografie der Schneeflocken zuzusehen. Diese wunderschönen Kristallmädchen mit ihren weißen Spitzenkleidchen lachten und kicherten. Sie hielten sich an den Händen und bildeten immer größere Formationen, bis sie sich müde von Tanzen und glücklich auf der weichen Schneedecke zur Ruhe legten. Manchmal lief Gänseblümchen nach draußen, um die Flocken auf ihrem Gesicht zu spüren. Doch es machte sie auch traurig. Denn auf ihren warmen Wangen verwandelten sich die schönen Mädchen in kleine Tropfen, die wie Tränen über ihre Bäckchen liefen. »Das ist unsere Bestimmung«, hatte eines der Mädchen gesagt, als es auf Gänseblümchens Nase gelandet war. Die Nasenspitze war kalt, sodass das Schneeflöckchen sie mit ihren blauen Augen anlächeln und ihr noch einmal zuwinken konnte, bevor auch sie als Tropfen über die Nase hinab zu den Lippen kullerte. Gänseblümchen fing ihn mit der Zunge auf und war nicht mehr traurig.

Die Sonne verschwand schon hinter den Bäumen und langsam legte sich der Abend über das Dorf. Überall in den Häusern erstrahlten die Lichterketten und Sterne. In den Gärten waren die kleinen Tannenbäume mit elektrischen Kerzen geschmückt. Schneemänner und Nikoläuse aus Plastik, in deren Bäuchen sich Lampen befanden, erhellten die Wege der Vorgärten. Gänseblümchen hüpfte zu ihrer Mutter in die Küche. Auf dem Herd stand ein Topf mit heißer Bohnensuppe, die es zum Abendessen geben sollte. »Ich bin gerade fertig geworden«, sagte ihre Mutter und lächelte sie an. »Wozu hast du Lust? Wir haben noch eine halbe Stunde Zeit, bevor wir essen.« Sie beugte sich hinunter zu ihrem Kind und nahm es in die Arme. Gänseblümchen drückte sich ganz fest an ihre Brust. »Können wir einen kleinen Spaziergang machen?«, fragte sie und sah ihre Mama bittend an. »Ich möchte mir die Gärten ansehen und den Plastik-Weihnachtsmann besuchen«, erklärte sie. Die Mutter willigte ein. »Zieh dich warm an. Wir gehen eine kleine Runde.«

Die Luft war klar und kalt. Die Schneeflockenwolken hatten sich zurückgezogen und gaben den Blick frei in den Himmel, der einem schwarzen Umhang mit tausenden glitzernden Diamanten glich. Gänseblümchen hauchte und konnte ihren Atem beobachten, der davonzog. Ihre Fingerchen in dicken Handschuhen versteckt, griff sie nach der Hand der Mutter und so gingen die beiden schweigend durch das Dorf. Hin und wieder blickte Gänseblümchen in den Himmel, um die Sterne und ihren Glanz zu sehen. Und plötzlich war es wieder da, dieses Leuchten am Himmelszelt, das immer näher auf sie zu zugeflogen kam. Das Mädchen erinnerte sich an das vergangene Jahr und schloss seine Augen mit dem Wunsch im Herzen, es möge der Weihnachtsmann sein.

Sie waren gerade an der großen Pferdekoppel angekommen, auf der im Sommer Fibuli und Berbel herumtollten und sich über Gänseblümchens Besuche freuten. Sie öffnete ihre Lider und erkannte den fliegenden Schlitten des Weihnachtsmanns, der beinahe den Boden erreicht hatte. Er hatte nur zwei Rentiere vor-gespannt. Neben ihm saß noch jemand. Sie konnte noch nicht erkennen, wer es war. Es gab ein kurzes »Huschschsch« und der Schlitten landete sanft. Die Mutter wollte gar nicht glauben, was sie da sah. »Ach du meine Güte!«, rief sie aus und hielt ihr Kind fest. Doch schon im nächsten Moment erkannte sie den Weihnachtsmann und auch Gerry. Sie lief auf den Schlitten zu und reichte jedem die Hand. »Ja ist denn schon Weihnachten?«, fragte sie lachend. Gänseblümchen streichelte zuerst die zwei Rentiere, die sie mit großen Kulleraugen anschauten. »Ich habe leider gar kein Möhrchen bei mir«, sagte sie entschuldigend, ohne ihre Lippen zu bewegen. Außer der Mutter hatte sie jeder verstanden.

Gerry kletterte vom Schlitten und ging zu Gänseblümchen. »Ich möchte mich ganz herzlich bei dir bedanken«, begann er. »Deine Freunde und du, ihr habt im vergangenen Sommer meine Verwandten bei euch im Garten aufgenommen und ihnen eine neue Heimat gegeben. Das werde ich dir nie vergessen.«

An Gänseblümchens Mutter gewandt fuhr er fort: »Vielen Dank auch für den Lindenblütentee. Bitte grüß Taulafi von mir.« Die Mutter lächelte. »Wenn ihr noch mal kurz zu uns auf den Hof kommen wollt, gebe ich euch gern noch ein Päckchen mit. Auch dir, lieber Weihnachtsmann.« »Und ich kann den Rentieren Karotten bringen«, fügte Gänseblümchen hinzu. »Wir wollten dich zu einem Rundflug mit-nehmen«, sagte der Weihnachtsmann an Gänseblümchen gewandt. Die Mutter sah zu ihm auf. Er war wirklich ein großer Mann. »Das ist eine sehr gute Idee. Ich gehe dann schon mal zurück zum Haus und bereite alles vor.« Gänseblümchen wollte protestieren. Es schmerzte sie, ihre Mutter allein zurücklassen zu müssen. Aber diese lächelte weiter. »Es ist schon gut, mein Kind. Genieße deinen Flug und halte dich gut fest.« Bei diesen Worten küsste sie ihr Mädchen und winkte ihnen hinterher.

Rasch erhob sich der Schlitten in die Höhe. Gänseblümchen rückte nah an Gerry heran und flüsterte: »Was macht ein Marienkäfer eigentlich am Nordpol?« Und auf ihrem Flug durch den Sternenhimmel erzählte dieser ihr die Geschichte von »Gerry Christmas«, dem Marienkäfer am Nordpol.

Ende

Über Autorin und Illustratorin

Die Autorin

Kris Felti, geboren 1965 in Dresden als erste der zwei Zwillingsmädchen, wuchs auf dem Lande auf, wo Reiten und das Plündern von Obstbäumen noch ganz normale Freizeitbeschäftigungen waren. Bereits als Teenager begann sie, eigene Texte zu verfassen. Inzwischen ist sie Mutter von drei erwachsenen Kindern und widmet sich wieder ihrer ersten großen Liebe: dem Schreiben.

www.krisfelti-buch-und-lyrik.com

Die Illustratorin

Ishika Sharma lebt in Indien. Seit ihrer Kindheit ist Zeichnen ihre Leidenschaft. In ihrem Beruf als Illustratorin ist sie seit acht Jahren erfolgreich tätig, vorrangig als Kinderbuch-illustratorin. Anfragen sind jederzeit zu richten an: illuservi93@gmail.com

Veröffentlichungen der Autorin

Gänseblümchen und ihre
außergewöhnlichen Freunde

Verlag: Tredition

978-3-347-14827-7 (Paperback)
978-3-347-14828-4 (Hardcover)
978-3-347-14829-1 (eBook)

Du bist mein Ich,
Sehnsucht

Verlag: Trediton

978-3-347-15055-3 (Paperback)
978-3-347-15056-0 (Hardcover)
978-3-347-15057-7 (eBook)

Sing with me,
beyond national Borders

Verlag: Tredition

978-3-347-15055-3 (Paperback)
978-3-347-15056-0 (Hardcover)
978-3-347-15057-7 (eBook)